ぼうや、もっと鏡みて

樋口美沙緒

白泉社花丸文庫

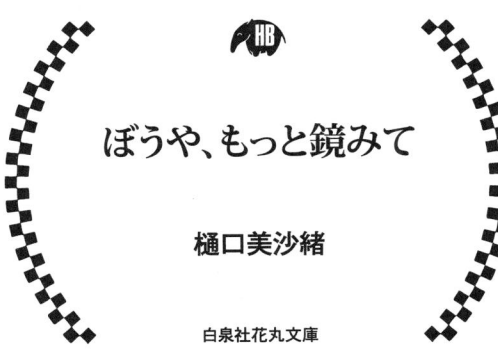

ぼうや、もっと鏡みて　もくじ

イラスト／小椋《おぐら》ムク

ぼうや、もっと鏡みて

本山俊一《もとやましゅんいち》には、一つの郷愁《きょうしゅう》がある。

いや、郷愁と言っていいのか、とにかく、くり返し思い返す記憶がある。

『俊一くん、俊一くんはこの組で一番のお兄ちゃんだから、望《のぞむ》くんを守ってあげてね』

預けられていた保育園で、保育士から言われたなにげない一言に、俊一は初めて同じ園にいた多田《ただ》望を意識した。五歳だったと思う。

保育士に示されたほうを見ると、教室の隅っこで、大きなぬいぐるみを抱えてうずくまっている、やせっぽちの男の子がいた。同い年だと言われたけれど、それにしてはずいぶん小さいなあと俊一は思った。

望という子は誰かにいじめられたのか、泣きそうな顔をして下を向いていた。

どうやら自分には、この子を世話する役目があるらしい。俊一はそう思い、声をかけた。

『なあ、いっしょに遊ぶ？　鬼ごっこするよ』

すると望はぱっと顔をあげ、驚いたように眼を丸めた。まるで、今まで誰かにそんなふうに誘われたことなんて、一度もないように。

一瞬だけ、女の子かな、と俊一は思った。虹彩の薄い大きな瞳と、ふわふわした柔らかそうな髪の毛が、とても可愛く見えたからだ。実際は男の子だと、つけている名札の色で分かっていたのだけれど。

『……いいの？』

と、訊かれたのが、たぶん俊一が最初に聞いた望の声。

いいよと頷いたら、望は立ち上がって、おずおずと小さな手を伸ばし、俊一の小指をきゅっと握ってきた。望の手は俊一のそれより小さくて、小指を握るので精一杯のようだった。その手からすがるような頼るような気持ちが伝わってきた時、俊一の、まだ幼かった胸の中に——記憶するかぎり初めて、優しい気持ちが灯った。

それは両親や、上の姉に対するような思慕とは違う、守ってやりたいと思う気持ちだった。自分しか寄る辺がないようにすがってくる、自分よりも小さな子が愛おしい。

（こいつ、かわいいな）

そう思ったとたんに、なにか大きな力が体の中からむくむくと湧いてくる気がした。

それから、俊一はいつも望のそばにいた。

小学校にあがってからは、ぼんやりの望は『とろ虫や−い』と、からかわれることが多かった。からかわれては泣かされ、それを俊一が『泣かせるな』と庇《かば》う。ところが望は、なぜだか泣かせてきた当人がクレヨンを忘れたの、教科書を見せろだの言うと、素直にきいてしまうところがあって、俊一はそういう望の人の善さがいつも理解できなかった。

『お前って、変なやつだな。なんでいじめられて、言い返さねえの？　なんでいじめてきたやつに、クレヨン貸してやったりすんの？』

ある学校の帰り道、そう訊くと、望は大きなランドセルに小さな体をぐらつかせながら、

『えっと……』と答えを探していた。

黄昏《たそがれ》の街は黄金色に染まり、川沿いの道を歩いていると、望と俊一二人の影が、土手の上に長く長く伸びていた。

『クレヨン、忘れたんだって。絵が描けないと困るよね』

『そういうことじゃねえの。そういうことじゃねえだろ？』

俊一は思わず、きつい口調で言っていた。望はなにが『そういうことじゃない』のか分からないように、きょとんとしていた。望がそいつを嫌いじゃないのなら、『俺もあいつも一緒かよ』と、吐き出すと、なんだか悔しかった。すると望は焦ったように俊一を見上げて言うのだ。

『俊一のことはおれ、もっと好きだよ……』

もっと好き。

それを聞いたら、心のどこかがホッと緩む気がして、本当は初めからその言葉が聞きたかっただけのような気さえして、俊一は仏頂面のまま、望の手を握ってやった。

『おれね、俊一のこと、大好き』

すると望は、なにかの秘密を打ち明けるようにそっと、言い直してくるのだ。

大好き……その言葉の意味が、望の中で、変わってしまったのはいつだったのだろう？

俊一が十六歳になったばかりの春の日、突然、家に望が訪ねてきたことがあった。

若芽がいっせいに緑となる、美しい五月だった。

十五歳になった望は、華奢《きゃしゃ》な体と大きな瞳がどこか少女めいていて、艶めかしかった。もともとのおっとりのせいで、望自身は気がついていなかったに違いない。けれど俊一はもうその頃には、同じ高校の男子生徒の一部が望に妙な劣情を揺さぶられているのに気がついていたし、それに気づかない望に苛立《いらだ》ってもいた。そしてその一方で、望には永遠にそのことに気づいてほしくないような、複雑な気持ちだった。

なにも知らない望。

バカな望。

けれどそのままでいい――。

俺がいるのだから……と、俊一は思っていたのかもしれない。自分でも、よく分からない。ただその晩、訪ねてきた望に泣きながら、

『おれ、男が好きみたい……』

と、言われた時、俊一は内心舌打ちをしたいような気になった。

(バカ。お前さえ言わなきゃ、今までどおりでいられたのに)

咄嗟《とっさ》に、そう思った。

『俊一のこと、大好き』と言って、無邪気《むじゃき》に微笑《ほほえ》んでいた望はもういない。その時俊一は、今までどおりの二人でいるために、防波堤を築いた。

『俺を好きにならなきゃ、べつにいいよ』

そう、投げつけるように言って。

――俊一は望に、自分を好きだと、言わないでほしかった。今好きだと言われても、それはもう子どもの頃と同じ意味ではないのだから。言われても、応えられないのだから。

俊一の拒絶に、望は傷ついたような表情を浮かべた。望の心が深く深く抉《えぐ》られたことを、痛々しく俊一は感じとった。けれど望は諦めたように、小さく笑って『そうだよね。……ありがとう』と、言うだけだった。

その間、俊一はただ望から、眼を逸《そ》らすしかなかった。仕方がなかったのだ。

(俺とお前が一緒にいるためには、仕方がないだろ……)

俊一は望を、選べないのだから。

望は男だし、自分は望を、守ってやる立場なのだから。

だから俊一は、望の気持ちに気づかないふりをした。望は望で、俊一以外を好きになろうとしていた。それはきっと、俊一と一緒にいるための、愚かな方法だったのだろう。

けれど傷つけられてもクレヨンを貸していた昔と変わらず、望は言い寄ってくる人の誰が優しく、誰が悪いのかさえ分からないようだった。

『相手を選んで付き合えよ。ロクデナシばっかり選びやがって』

と、俊一はいつも腹を立てた。望と付き合う男など、一人としてまともなやつはいない。

はなから、俊一にはそう思えた。誰もが狡猾《こうかつ》な蛇のように見えた。望に触れる男、すべて殺してやりたいくらい憎かった。誰かと付き合うことにしたよと望から聞くたび、俊一は相手の悪いところをあげつらい、別れろと怒った。すると望は困った顔をして、

『優しいところも、あるよ』

と、相手を庇う。殴られても騙されてもそうだった。

『なにが優しいところだ。お前、自分が傷ついておいて』

『……でもおれも、バカだったんだから』

と、望は子どもの頃から変わらない優しげな顔を伏せて、ぽっつりと悔いる。

望が自分の傷にひどく無頓着なのは、たぶん、望があまり自分を好きじゃないからだろうと、俊一は思っていた。好きじゃない自分が傷ついても、望はさほど痛いと思えないのだ。そして何度も同じ過ちを繰り返す。

その望の愚かさに呆れ、怒りながら、俊一は望が男に捨てられれば、両手を広げて望を待ち、抱きしめて慰めてやった。

『……バカ、お前はいつも、どうして傷つけられるまで気づかないんだ』

と言って。

その時だけは、望の愚かさが悲しく、愛おしかった。

望の体は俊一より一回り小さく、抱きしめると腕の中にすっぽりと収まってきた。柔ら

かな髪に鼻先を埋めると、いつも淡い石けんの香りがし、震えている背を撫でてやり、子どものようにあやしてたまに口づけたなら、望の睫毛は小さく震えた。

その頼りなさは、出会った最初の日、俊一の小指をきゅ、と握ってきた望の小さな手を思い出させた。

（かわいそうなやつ……）

俊一はいつも最後には、そう思った。

愚かで無知で、いつも間違ってしまう、かわいそうな、可愛い望……。

――去年まで。

俊一はそうして抱きしめること、口づけることのすべてを、ただの慰めだと思っていた。かわいそうな幼馴染みのために、仕方なくやってあげているのだと。――そうやって望を抱きしめている間、他の誰にも感じない気持ちが心の奥にとくとくと溢れてくるのに気づきながら、それは――ただただ幼い頃からの、ならいのような哀れみでしかないと。

けれど、今はそう思うことが難しくなった。

ある時、望はとうとう俊一を置き去りにして、俊一から独り立ちしてしまったのだ。

『俊一、好きだよ。一番好き。おれはでも、これだけでいいよ』

いつしか、十六歳の春に俊一が奪った一言を、なんの見返りも恐れもなく、言うようになってしまった。

そして望はもう、俊一の慰めをいらないのだという。俊一に好きになってもらおうとは思わないのだという。

俊一はただただ、呆然としている。どうすればまた望の手を握り、望に頼ってもらえるのかは知っている。けれどそんなことはできるはずがないのだ。自分は望を選ばない。

そのくせ望に求められなくなったことに、俊一は驚き、ショックを受けている。

望に置いて行かれた俊一は次の一歩を踏み出せず、立ち尽くしたまま、時だけが一年も流れた。

そして俊一は今、二十一歳の春を迎えようとしていた。

一

「俊一《しゅんいち》、俊一」

本山《もとやま》俊一が駆け寄っていくと、途中で多田《た だ》望《のぞむ》は気がついたらしかった。

大学の文学棟前のベンチから、細い体をぴょこんと躍らせて立ち上がると、望は子どもがするように満面の笑みで両手を振ってきた。二人の間を歩く他の学生が、望のほうに眼を向けたので、俊一はますます足を速めて駆け寄った。彼らにあまり望を見せたくないような、そんな気がしたのだ。

二月――その年は、暖冬だった。

昨夜降った雨は冷たかったが、あがると気持ちのよい晴天となった。俊一の通う大学構内の林からは、鶯の鳴き声が聞こえ、まだ冷たい冬の地面の下で春の草花が今か今かと待ち構えて芽吹こうとしているのを感じさせるような、そんな陽気だった。

「ここまで、迷わなかったか？」

「広いから迷っちゃったよ。でも歩いてる人に訊いたら、すぐ教えてくれたから大丈夫」

寒い中ずいぶん待ったのか、望の鼻の頭と頬がほのかに赤らんでいる。俊一はそれを見ると、小さく胸が痛んでしまう。自分のマフラーをはずして、ほっそりした首に巻いてやったら、望が眼を細めて幸せそうな顔をした。柔らかなウールの中に鼻先を埋め、「あったかい」と呟《つぶや》いてくる。なんだか気まずくなり、俊一はわざと素っ気なく、視線を逸らした。

俊一と望は、幼馴染みだ。

それこそ、幼稚園から高校までずっと同じ校舎で時を過ごしてきた。四月初旬生まれの俊一と、三月下旬生まれの望とではほとんど一歳年が離れる。そのせいか、俊一と望の関係は長い間、俊一が望の世話をし、望が俊一を頼ってくる関係だった。

細身で中性的な容姿をした、柔らかな雰囲気《ふんいき》の望と違って、俊一は背が高く男らしい体つきをしている。容姿も正反対だが、性格も百八十度違う。俊一は自分でも、好き嫌いのはっきりした厳しい、ぶっきらぼうな性格だと思うが、望は大体誰にでも優しいし、お人好しで人を疑えない。その善良さは望の長所だけれど、正直、俊一はそれを歯がゆく思うことも多かった。

「どの路線使って来た?」

先に立って歩き出しながら訊くと、望は犬が転げるような感じでついてきた。俊一は望の歩調に合わせて、ゆっくりと速度を落として並んだ。

「京王線が、お母さんのお墓に行くのと同じだから……お墓に寄ってから来たんだ」

望は何年も前に亡くなった母の墓参りに、月に一度は出かけているらしい。

「一回新宿に出たのか。遠かったろ」

「お腹空いちゃった。でも今日はいっぱい作るから、俊一もたっぷり食べてね」

俊一は望と、このあと俊一の部屋に行き、食事を作ってもらう約束だった。大学に寄ると遠回りになるのだが、望が来てみたいと言ったのでここで待ち合わせたのだ。

並んで歩いていると、望の髪の毛が俊一の肩のあたりで揺れる。

(背丈は、一ヵ月前と、変わってねえな)

こっそり、俊一はそんなことを確かめた。俊一が今日望と会うのは、一ヵ月ぶりだった。

一年前、ある事件があってから——望は自分から、俊一に会おうとしなくなっていた。

俊一が望から「男しか好きになれない」と明かされたのは、十六歳の春のことだ。以来、俊一は望の男関係をほとんど知っていたと思う。初めての相手が誰か、誰が望を好きで、望が誰とセックスをしたのかも。

隠し事も嘘も苦手なせいか、望はゲイであることが周りにばれ、高校時代は親しい友人もいなかったようだ。やがて親からも、家を追い出された。望の家には医者の父と兄、それとドイツに住んでいる、同じ医者の次兄がいるが、彼らがみな優秀だったので、望は『おれができが悪いから……仕方ないよ』と、家族を庇っていた。

そんなふうに、望が自分を傷つける人間を庇うのを、俊一は何度も聞いた。その愚かにも思える善良さが、悪かったのかもしれない。

去年の初冬、大学浪人をしていた当時の望は、恋人に殴られて、入院した。その時から、望は変わった。絶縁状態に近かった家族と和解し、実家に戻れた。それまでの浪人生活に終止符を打ち、本当に自分のやりたいことを見つけたと言って予備校を辞め、調理師専門学校へ通いはじめた。

殴った男を恨んでいないのは、もとからの望らしかったけれど、この一年間望は一度も、誰とも、付き合わなかった。今までは、言い寄られると断り切れなかった望が。そして来月には、専門学校の卒業が決まっている。ここ一年の、そんな望の落ち着きようが、俊一には到底信じられなかった。

以前の望は男に捨てられるたび俊一に泣きついてきたし、俊一はそんな望にずっと呆れ、うっとうしく思うことさえあった。泣くくせに、傷つくくせに、相手を責めたり憎んだりできない望。いつも最後には許し、流され、同じことを繰り返す望。バカで淋しがりで、慰めを言い訳にキスをしてとせがんでくる望を、うっとうしいと、うんざりだと、いい加減にしろと、思っていたはずだった。けれどいつの間にか望は変わってしまい、今では自分から俊一を訪ねてきたりしない。時折せがんできたキスも、まるでねだってこない。月に一度か二度、俊一から連絡をとって会わないかと言うと、望は嬉しそうにする。それなのに、やっぱり自分から会いたいとは言ってくれない。俊一になにかの理由で触れてくる時も、望はいつでも訊いてくる。

『俊一、触ってもいい？』

少し困ったような顔で、けれどももし拒絶されても、さほど傷つかないでいようという覚悟のできた、どこか、穏やかな眼で。

望から頼られなくなり、求められることもなくなった俊一は、望とどう接すればいいか分からないでいる。

そして俊一は久しぶりに見る望のなかに、いつも変わらないところを探してしまう。二月の望は少し痩《や》せた。指先がほんの少し荒れて、爪のまわりの、ささくれが痛々しい。ほんの少し髪がのび、細いうなじを包んでいる。だが黒眼がちの瞳や寒いところでは血が滲《にじ》んでやたらと赤く見える薄い唇はもう何年も昔から変化がない。変わっていないところを見つけるたび、俊一は内心ホッと安堵《あんど》の息をついてしまうのだ。

「就職はどうするんだ？　もうすぐ卒業だろ？」

歩きながら、俊一はそんな話を振る。調理師の就職先は、レストランなどの飲食店だけではなく、病院や福祉施設にまで及ぶらしい。まだ大学二年生の俊一にとっては現実味がないが、今はどこも就職難だという。

「おれ、家庭料理のほうが好きでしょ、保育園や定食屋さんを回ってるけど……なかなか空きがないみたい」

「誰か紹介してくれないのか？」

「いくつもお店のプランナーやってる代田《だいだ》先生が、新規店舗に来ないかって言ってくれてるよ。でもまだ、きちんと話聞いてないから」

そう言う望は、いつか自分で小さな店を持ちたいと、話してくれたことがある。年をとってからでもいい、こじんまりしたお店で温かい家庭料理を出せたら……と、夢を語る望は子どものように生き生きしていて、俊一は時折、置いて行かれたような気持ちになる。

二人は正門に向けて蛇行する道に入った。道の両脇には小さく蕾をつけた桜が並び、その間にレンギョウが茂っている。二月のこの時期はもう授業は終わっているものの、ちょうどテスト期間なので、道行く学生の数は多かった。

「あ！」

その時すれ違った男の一人が大声をあげ、俊一は振り返った。見ると、すぐ後ろで一人の男がこちらを見ていた。俊一と同じくらい上背があり、カジュアルなダウンジャケットを着て、手に一抱えの本を持っている――それは大貫《おおぬき》だった。

「……大貫？」

先に口を開いたのは望だ。声をかけられた大貫は数歩、近寄ってくる。ちら、と俊一を見る表情はどこか気まずげでもある。俊一は愛想よくするつもりなどさらさらなく、不機嫌に眉を寄せて黙り込んだけれど、胸の奥にじわっと嫌な予感が広がるのを感じていた。

内心大貫に、寄って来るなよ、このバカが、と、思ってしまう。

大貫は、俊一や望と同じ高校の同級生だった。一時期、望と付き合っていたこともある。けれど望は大貫にこっぴどく捨てられ、俊一はその望を抱きしめて慰め、叱ってやった。別れ間際には殴られもしたのだから、望にとってはいい思い出ではないはずだ。それなのに今、望はなんのわだかまりもなさそうに微笑んでいた。

——こいつのこういうところは、たまらなくむかつく。

反射的に、俊一は思った。

「ここの大学に入ったんだ。すごいね」

「いや……」

大貫はうつむき、もごもごとなにか呟いている。手に握られた本は建築学科のものだ。大貫は浪人していたはずだから、今年度からこの大学の建築学科に入学したのだろう。

「……お前は、どうしてたんだよ」

大貫が、ぼそぼそと望に問いかける。

「おれは調理の学校行ってるよ。もうすぐ卒業なんだ」

望の答えに大貫が「あぁ、お前料理上手《うま》かったもんな」と言い、俊一はその言葉にわけもなく苛立った。望の腕を引っ張って、今すぐ立ち去りたい。望のことを、知ったように話す大貫が嫌だった。お前はこいつを殴って、傷つけたくせに——と言ってやりたい気がする。やがて会話が切れると、望が遠慮したように微笑んで、ごめんね急いでるところ、とつけ足した。俊一はこの隙にと思い、望の手を取った。

「じゃあな、大貫」

先に言って歩き出すと、大貫が「待ってくれ」と叫ぶ。驚いたように振り返った望の空いた手を、大貫は俊一など眼に入らないように、夢中の様子で取った。とたんに、俊一の中で苛立ちが膨れあがった。

「……お前、予備校急にやめてて、電話も解約されてたし」

「あ、ごめんね、突然そうなっちゃって……」

望が困ったように笑った。去年、恋人に乱暴され入院したのをきっかけに、望は携帯電話を解約し、それまで通っていた予備校もやめていた。大貫と望はその予備校で一緒だったと、俊一も知っている。

「連絡とりたかったんだ」

大貫の顔には汗が浮かび、唇がぶるぶると震えていた。

「やっぱり好きなんだ。やり直したい」

聞いたとたん、俊一は思わず舌打ちを漏《も》らしていた。嫌な予感が的中した。望が大貫の腕を振り払い、この場をさっさと切り上げないことに腹が立つ。

(なんだってこんなヤツの相手をしてやってんだ)

「あれからお前のこと探してた。やり直してほしい、……本気なんだ」

「今さら、なに言ってんだ」

もう我慢できずに、俊一は声を荒げていた。望の腕を引っ張り、無理やり大貫から引き離す。

「行くぞ、多田。こんな最低野郎、相手にするな」

「俊一」

望が窘《たしな》めるような声を出す。大貫は傷ついたような表情を浮かべているが、俊一にはそれさえ腹立たしかった。望の同情を買うために、わざとそんな顔をしているのか、とすら思えてくる。

「本山の言うとおりだ、最低だったよな、俺」

「いいんだ、大貫。おれ怒っていないよ」

落ち込んだ大貫を慰める望に、俊一はムッとした。

「なにがいいんだよ。殴られて、痣作ってたの忘れたのか。おい、行けよ。二度やったことは三度やるんだよ、お前とこいつは合わないんだ」

望は二度、大貫に裏切られている。一度めは高校時代、大貫に二股をかけられて別れた。そして卒業後も、俊一は反対したが、望は大貫を信じて付き合い、結局また同じように捨てられている。そんな相手に怒っていないなんて言える望が、俊一には信じられなかった。けれど俊一が腕を強く引くと、望は困ったような顔をする。

「俊一、おれと大貫が話してるんだよ、ちょっと待って」

「話す必要なんかないだろ」

「それはおれが決めることだろ！」

とうとう怒ったように望に腕を払われて、俊一は一瞬怯《ひる》んだ。怯んだあとに、今度はカッとなった。けれど望は、大貫に視線を戻している。

「大貫、ごめんね。ありがとう。でもおれもね、好きな人がいるんだ」

だからやり直せない、と望が続ける。悲しそうな、けれど意志のこもった、はっきりとした声だった。昔のように、つけこめばなんとかなるのじゃないかというような隙はない。たしかにない。ないけれど――。

怒りが抑えられず、俊一は先に歩き出した。

(なんで俺よりそいつなんだ)

自分が一年前まで、どれだけ守ってやったと思っているのか。頼ってこない望に苛立ち、だんだん大股になりながら、俊一は遠ざかる二人の声を無理やり鼓膜の外へ追いやった。

――好きな人がいる。

望の言葉が、俊一の耳の奥にこだましてくる。

（本当にそうなら、俺のいうことをきけよ）

これは身勝手な怒りなのかと思いながらも、やっぱり腹が立った。望は、たしかに、以前よりずっと自立した。けれど結局、どんな相手も許してしまう。限りなく許してしまう。昔からそうだった。それだけは変えることのできない、望の本質なのだ。

――プライドがないんじゃないのか。俊一には、そう思えてしまう。

……まるで動物みたいだよ、と、言ったのは、望の二番目の兄の、康平《こうへい》だったろうか。いつだったか、たまたまドイツにいる彼が帰国していた時に、俊一は聞いた。

『望は、まるで動物みたいだよ。痛いと言えないところがね。母親が、あんまり早く死んだせいなのかな……』

一番小さな弟が家族の痛みをすべて請け負うことになったのだ、と康平は思い込んでいるようだった。それはどうだか知らないけれど、痛いと言えないのは正しいことなのだろうか？

俊一には疑問だった。

――際限なく繰り返される許しは、甘やかしと変わらないじゃないか。望を傷つけたやつらは謝り、許してもらい、そうすることでまた平気で同じことをする。

（あいつ、そのうちまた、大貫と付き合うんじゃないだろうな）

なんでも許してしまうあの本質が変わらない限り、信用などできるものかという気がしてくる。

（そういうところだけ変わらないで、俺にはメール一つ、よこさなくなりやがって……）

「――俊一、俊一」

正門の前にさしかかったあたりで、うしろから望が駆けてきた。冬の冷気に乗って、望の髪から淡い石けんの香りが漂ってくる。それは子どもの頃から、変わらない望の匂いだ。

「俊一。怒ってるの？」

望が俊一の腕にそっと手をかけ、顔を覗くようにしてきた。……怒っている。だが言葉にするのが格好悪く、俊一はなにも言わずに歩調を速めた。

後ろで望が唇を嚙み締め、それでもついてきてくれることを意識して――俊一は苛立ちと一緒に、かすかな安堵を覚えている自分を知って、嫌気がさした。


俊一の部屋に着いたのは、それから一時間後のことだ。

途中寄ってきたスーパーでも俊一はあまり口をきかなかった。気を遣って話しかけてくる望がうっとうしくて黙っていると、それが通じたのか望も口をつぐんでしまった。

部屋に入ると俊一が朝出る時に仕掛けてきた米が炊き上がっているらしく、甘い白米の匂いが玄関先までふんわりと香ってくる。

「ご飯の炊ける匂いって、それだけで幸せな気持ちになるよねえ……」

買ってきた食材を台所の流し台に出しながら、望が言ったけれど、俊一はまだ黙ったままだった。俊一が菜花を洗いだすと、望が横で白身魚に酒を振る。この一年で、これまではほとんど自炊しなかった俊一も、少し料理を覚えた。

「あれ、これ、彼女が？」

冷蔵庫を開けた望が、プラスチックのパックに保存された煮物を見て言った。俊一は「いや」とだけ答えた。作ったのは俊一だったがそれ以上言わずにいると、望はもうなにも訊いてこない。なんだかそれにも、俊一は腹の中がもやもやした。

（彼女なんか、もう一年もいねえよ。お前、一度だって訊いてこないけどな……）

この一年。

一年の間に、俊一は付き合っていた相手と別れた。もともと上手くいってはおらず、互いの気持ちはとっくに冷めていたと思う。彼女は、俊一の望に対する感情を恋愛感情なのではと疑っていた。

俊一は望に、彼女と別れたことを伝えていないが、それはどうして別れたのと訊かれても、答えが用意できない気がするせいだった。『彼女よりお前をとった』なんて、言えるはずがないし、言うつもりもない。望はことさらに、俊一の恋愛関係に立ち入らないよう気をつけているのだろう、なにも訊いてこないが、それが俊一には不満だった。

(言えない俺も俺だけど、お前も、本当は俺に興味ないんじゃないか?)

そう思ってしまう。

菜花を洗い終えると、俊一はじゃが芋の皮を剥いた。その間に望は手慣れた様子で菜花を湯がき、白身魚を落とす出汁を整えている。菜箸を器用に扱う望の手と、料理をする時だけふと真剣になる眼。それらを見るのが、俊一は嫌いではない。けれど今日は、なんとなく心がざわついて穏やかになれなかった。

(久しぶりに会ってこれじゃあな……)

だが悪いのは望じゃないのかと、俊一は思った。なぜ大貫を振り払えないのか。

「俊一、まだ怒ってるの」

長い間仏頂面をしていたせいか、鍋の火をパチンと切ってざるに菜花をあげてから、望は俊一を見上げてきた。

「……怒られるようなこと、したろ」

「大貫のこと? 少し話しただけだよ。ちゃんと断ったでしょ?」

「どうだかな」

俊一はつい、突き放すような声を出した。望が少し眉を寄せる。

「お前は、いつもちゃんとしてるつもりで、結局相手に利用されるだろうが。断っただけか? 電話番号のひとつも教えなかったって言うのかよ」

「教えてないよ……」

「でも訊かれたんだろ」

「それは……」

口ごもった望の顔が困ったように赤らみ、俊一は苛立った。

「ほら見ろ。お前、二回目三回目訊かれたらどうする？　次はだんだんかわいそうになって、教えるんじゃないのか。お前はそういうところ、昔から変われないからな」

「……次また会えるとも、訊かれるとも限らないのに」

「大貫はお前のことが好きだと言ったんだ。友達で満足するわけないだろ。家だって高校のアルバム見りゃ、すぐ分かるんだ、押しかけられたらどうする」

「大貫はもう、おれにひどいことしたりしないよ」

「そんなこと、なんでお前に分かるんだよ！」

俊一は突然、カッとなった。カッとなって、「前もそう言って付き合って、殴られたんだろうが！」と怒鳴《どな》っていた。

とたん、俊一は一年半前の夏、大貫に殴られて逃げてきた望の、青ざめた顔を思い出した。夜の中を息せき切って走り続け、俊一に抱きついてきた望の体は、夏なのにひどく冷えていた。殴られたせいで口の端が切れ、血がにじんでいるのを見て、俊一は胸の中が凍るように感じた。あの時、もっともっと反対すれば良かったのだと、後悔した。

「あいつは隙あらばお前をヤっちまえと思ってるんだよ。高校時代だって去年だって散々同じめに遭わされたくせに、まだ学習できないのか？　なんであそこで話を聞いてやるんだ？　理解できない。突っぱねればいいだろうが！」

怒鳴られたことに怯えたのか、望は瞳を揺らしながらも言葉をついでくる。

「どうしてそう疑うの。大貫は、嘘をついて騙すつもりじゃない。本心なんだ」

「だからお前はバカなんだよ！」

気がつくと、持っていた皮むき器を流しの中へ投げつけてしまった。それに、望がびくりと肩を揺らした。

「今、本心だからなんなんだ？　だったらお前、道端歩いてる女をレイプした男が本心で謝ってるんだったら、次もまたレイプしていいって言うのかよ！」

「そんなんじゃ……」

「同じなんだよ、分かんねえのか。それとも、やっぱりお前は昔と変わらなくて、強姦されんのが好きなのか！」

望の顔がさっと青ざめていく。その眼に傷ついた色が走ったのを見て、俊一は思わず次の言葉を飲み込んだ。

「そんなんじゃないって……言ってるのに」

震える声で、望がうつむいた。白く細い首が、わなわなと震えている。それをかわいそうだと思う。思いながら、話が上手く通じない望に苛立ちが消えず、俊一は舌打ちした。

「俊一はなんでいつも、大貫たちを軽蔑《けいべつ》するの？」

「……なに言ってんだよ」

俊一はつい、眼を逸らしていた。望の頬を、ぽろっと転がり落ちる涙が見えた。

「俊一は……自分だけが違うと思ってる。同じじゃないって」

「俺が一緒だって言うのかよ。大貫や……お前を傷つけた男どもと」

「誰だって、悪いところはあるでしょ？　同じくらい、いいところだって……」

気がつくと衝動的に、流し台を蹴っていた。ことさらきつく蹴ったわけではないのに、静まった部屋の中にはひどく大きな音が響く。望の細い肩が揺れ、震えた。

顔をあげた望の眼に、涙がいっぱいに溜まっていた。

「……おれが好きなの、俊一なんだよ」

その言葉に、俊一はギクリとして固まった。突然、一番弱いところを突かれたような、そんな緊張が胸を突き刺してくる。それは――それは、それ以上なにか答えを迫られたら、困る、という感情だった。

「でもそれを信じてくれなきゃ……言い訳したって」

そこで言葉を切り、望が小さく、「ごめん」と言った。脱いだオーバーを持ち上げると、「おれ、帰るね」と出て行く。

言われたとたん、追いかけてなんかやらねぇぞと俊一は思った。望がそれを期待しているかどうかさえ分からないのに。そうじゃない、望が自分に追いかけてほしいと思っていることを――期待しているのは自分のほうだと俊一は思った。

やがて玄関の扉が閉まり、望はいなくなった。まな板の上に置かれたままの白身魚が、なんだか間抜けだ。魚の調理方法なんて、俊一は知らない。

「どうしろってんだよ、これ……」

ぽつりと呟いたが、よけいにむなしく感じただけだった。シンクの縁に手をつき、うなだれて深く息を吐く。とたんに苦々しい気持ちが、胸の中に溢れてくる。

……罪悪感、後悔、怒り。それらがないまぜになって、思い返されるのはただただ、涙ぐんだ望の、かわいそうな顔ばかりだ。あそこで謝ればよかったのか。けれど俺は悪くない、とも思う。それに前の望なら、すぐに折れて謝ってきただろう。俊一に嫌われないように。

(望が変わったのは、篠原《しのはら》さんのせいだ……)

と、俊一は思っていた。

篠原というのは、去年望と付き合っていた男だ。俊一にとっては、バイト先の出版社によく出入りしていたカメラマンで、仕事を手伝う関係上、親しくしていた人間だった。

歳は三十代で、夏の空のように笑う人だと、望が言っていたことがある。俊一も、大らかで魅力的な人間だと、信頼していた。

一年半前、頼まれて渋々紹介すると、篠原は望と付き合いたい、と言ってきた。迷いがなかったと言えば嘘になる。それでも、俊一は篠原ならあるいは、望を幸せにしてくれるのではないかと思って、後押しした。そしてもう望と会うのをやめるつもりだった。

聞いても応えてやれないから、俊一は望に、言わせないようにしていた。――望が、俊一を好きだということを。

子供の頃から俊一は、周りの人と比べて要領がよかった。道を踏み外すつもりもなければ、そんなことを考える気さえない。だから望を選ぶことはしない。

けれど俊一に応えてもらえず、闇雲に恋愛をする望をどうにかしてやりたくて、俊一は望に篠原を選ばせた。そのくせ、他の人を愛する望など見たくはなくて、離れたのだ。

篠原が変えたのは望だけではなく、俊一も、そして望と俊一の関係そのものも、だったろう。篠原は望に暴力をふるい、追い詰められた望は、好きなのは俊一だと、抱かれたいのも俊一なのだと、俊一が望に言わせないようにしていた言葉を、とうとう突きつけてきた。

そして俊一は、自分が持っていた残酷《ざんこく》な感情を認めなければならなくなった。男しか好きになれないという望を、理解している裏で実は軽蔑していた自分に、俊一は気づいた。

そして望が俊一に友情ではなく、恋情を求めることに怒りを感じてもいた。

――どうして。どうして、お前は俺の今の気持ちじゃダメなんだ。

あの頃、俊一は望を責めたてた。

『俺がお前の望んでいるとおりにできないから、俺を縛るのか。俺がお前を好きになれないから、俺はその罪滅ぼしに一生苦しめられるのか』

望を抱いてやれない。男を愛せない。自分が、そんなことをするはずがない。自分は普通の、間違わない人間なのだ――。

望はずっと、俊一の隠された軽蔑に気づいていたのだろう。

ただ一言、

『おれ、汚くなんかないよ』

と、言った。

「汚いなんて、思ってないよ……」

誰にともなく呟きながら、すぐに本当にそうなのかと問いかけてくる自分の声がした。心のどこかではやっぱり自分は、男が男を愛することに抵抗がある。

（……一度選んだら、もうお前以外、選べない）

それは望が男しか好きになれないと知った時からずっと、俊一の中にある不文律だった。一度選んだら、二度と引き返せない。

――おれは、俊一が好き。

望はもうなにも恐れず、そう言ってくる。けれど男を好きになれない俊一に、なにも求める気はないとも言う。だから望は、自分からは俊一に会いたいと言わないし、彼女がいるかどうかさえ確かめてこない。

蛇口から水滴が落ち、洗い桶の中でぽとんと音をたてた。

――優しくしてよ。

高校時代、望が泣きながら俊一に抱きつき、そんなふうに言ったことを覚えている。俊一はお前はバカだと叱りながら、抱きしめると望が、結局はかわいそうになった。望は震える手で、おずおずと俊一のシャツを握りしめてきた。優しくしてとねだりながら、本当にそうしてもらっていいのか、自信がないように……。

けれどあんなふうにねだってくる望は、もういない。もし心の中で同じように思っていたとしても――望はもう、求めてはくれない。この一年、自分から動かねばすぐに切れてしまいそうな望とのつながりに、俊一は焦りながら、なにもできないでいる。

(俺がもっと大人なら……優しくできるんだろうか)

泣かせるつもりなどなかった。久しぶりに会えた今日は、甘やかしてたくさん触れてやりたいと思っていた。

俊一は長いため息をついて、皮をむいたじゃが芋を、まな板に転がした。

二

「本山《もとやま》、お前、藤村《ふじむら》ゼミ入ったって？　ラッキーじゃん」

大貫《おおぬき》のことで望《のぞむ》と言い争ってから、数日が過ぎていた。

大学の二限が明けたその時間、俊一《しゅんいち》は明日のテストの時間割を確認しに、中央掲示板前に立っていた。けれど掲示物は、学生たちの群れでなかなか見えない。俊一は数歩離れて、スペースが空くのを待っているところだった。

望とは大貫のことで言い争って以来、連絡をとれていない。俊一は毎日のように望からメールが来ていないか、着信はないか、と携帯電話を見たけれど、誘いの連絡さえ普段よこさない望だ。予想したとおりそんなものはなかった。何度か謝罪のようなメールを送ろうかとも迷ったが、大貫と望が話しているのを思い出すとやっぱり腹が立ってしまい、送れていない。

（俺とあいつは、決定的に相性が悪いんだ）

考え方が違いすぎる。

けれどこのままだと望とは縁が切れてしまう。そんなことを思って数日間悶々と過ごしていたせいで、俊一は機嫌が悪かった。

「なにがだよ。あの教授、レポートがえぐいぞ」

そこにちょうど話しかけてきたのは、同じ学科の同学年の男だった。四月から始まるゼミのことを言われて顔をしかめると、彼は肩を竦《すく》めている。

「いいじゃんか。藤村先生、就職口のコネめちゃくちゃ持ってんだろ」

(ああ、就職の話か)

言われるまで、俊一の頭の中には就職の二字などほとんどちらついていなかった。

相手はくだんのゼミ出身者が、これまでいかにいい企業に入ったかを教えてくれる。しかし、俊一がそのゼミを選んだのは就職のためというよりも、厳しいレポート審査さえどうにかできるなら、他のゼミと比べて拘束時間が少なそうだと考えたからにすぎない。

「なんだかんだ、本山は要領いいよなあ。なんでも適当に、うまいことやってる感じ。挫《ざ》折《せつ》なんて知らねーだろ、お前」

羨《うらや》ましがる友人の言葉を、俊一は他人事のように聞いていた。そうか、こいつから見ても、俊一は間違いのないレールの上を上手く進んでいるように見えているのか、と思う。

(俺が小説を書いている、なんて……周りは考えもしないんだろうな)

合理的で、まあまあ真面目《まじめ》で、現役で六大学に合格し、ルックスも悪くない――ようにしか見えないだろう自分に、そういう「普通ではないこと」は似合わないと、俊一も自覚していた。

その時、後ろから女の声がした。

「本山俊一くん？」

振り向いた先には、知らない女が立っていた。ゆるくカールした長い髪に、整った目鼻立ちの印象的な美人だ。ベージュのコートにファーティペットを巻き、すらりと伸びた足にはピンヒールブーツを履《は》いた、女っぽいタイプ。年齢は同じくらいだろうと思ったが、記憶の糸をまさぐっても見覚えがなく、俊一は思わず訝《いぶか》しく思った。隣にいた友人は、ニヤニヤしながら腕をつついてくる。

「なんだよ、最近浮いた噂ないって話だったけど、やっぱりやることやってんな」

美人じゃん、と耳打ちして、その友人が立ち去っていき、俊一は面倒な気分になる。こっちは知らない女なのに、「やっぱりやることやってる」などと言われなければならないのが煩《わずら》わしい。

「……誰ですか？」

仕方なく訊くと、女は眼を細めて小さく笑った。

「やっぱり。ねぇ、『ひとさし指は誰のもの』って書いたの、あんたでしょ？　三年前に『かじか』に載った。あれからたまに載ってるの、あたし、全部読んでるのよ」

覚えのある単語にぎくりとして、俊一は女を見た。身も知らない女に、自分の、普段誰にも話していない情報を知られているのは、気分のいいものではない。

「あたし、社学の結城衿子《ゆうきえりこ》。この名前知ってる？　知らないと思うけど」

「はじめまして。それじゃどうも」

あまり長く話していたくなくて、俊一は素っ気なく返事をした。半ば逃げるようにして、彼女の横を通り抜ける。

「ねぇ、無視することないんじゃない？」

けれど結城衿子と名乗った女は、そう言いながらついてきた。俊一は内心舌打ちするような気持ちで、結城を振り返った。

「急いでるんですが」

「ちょっと話したいだけよ。あんたの作品を読んだから、感想を伝えたいの」

勝手な言い分に、俊一は思わず眉を寄せて黙り込んでしまった。

（いるんだよ、時々）

自分は特別だという顔をして、したり顔で人の書いたものに難癖をつけてくる相手が。

俊一が、名のある文芸誌『かじか』の賞に投稿して、入賞を果たしたのは、十八歳の時だった。以来俊一は小説を書いている。

昔から本は好きで、言葉遊びのように思いついたことを書き記す癖があり、高校三年生の時、小説を書いてみようかと思い立った。学校の授業中、こっそりノートに書き溜めたものをパソコン原稿に起こして投稿した。深い意味があったわけじゃない。自分がなぜ書くのかの理由も分からず、ただ書いたものが海のものか山のものか知りたいような気持ちで応募したら、たまたま入賞したのだ。それから『かじか』の編集者に拾ってもらい、修行がてら出版社のアルバイトとして使ってもらっている。これまでに何度か、雑誌に短編を載せてもらった。けれどまだ一冊も本は出していないから、俊一は自分を作家とは思っていないし、周囲にもよほど必要がない限り小説を書いていると話さない。たまに話すことがあっても、自分の作品を読んでもらいたいと思ったことはなかった。

仏頂面でどう結城と離れようか考えていると、不意に、結城が小さく声をたてて笑った。

「自分の小説に対する評価なんか聞きたくないって顔してるのね。というか、違うか。あんたは自分の書いたもの、本当は誰にも読まれたくないんでしょ」

結城が笑うと、その首元から甘い香水の匂いが漂ってくる。

「最初に書いた入賞作って……あれは私小説ね。違う？」

俊一は腹が立った。

（こいつ、俺の小説の分析でもするつもりか）

批評ならたくさんだ。褒め言葉はもっとたくさんだったが。俊一は露骨に嫌な顔をして、結城をじろりと見た。

「だったらどうだっていうんだよ」

「あんたの小説に出てくる女の子って……みんな同じ子ね。で、あんたはその子にラブレター書いてるの。あの女の子って、誰？」

続けて言われ、俊一はぎくりとした――。それは踏み込まれたくないところに、いきなり他人に入ってこられたような、嫌な感じだった。

（なんなんだ、こいつ。知ったような顔して……）

赤いルージュをひいた唇でニコニコと笑っている結城に、思わず舌打ちが漏れた。

「言いたいことはそれで終わりか？　それじゃあな」

「逃げるの？　臆病なのね」

踵を返しかけて、俊一はムッと結城を睨《にら》んだ。

「じゃあ言うけど、読み手が読んでどう思うかはそれぞれ自由なんじゃないのか。だからあんたがそう思うんなら、思っておけばいい」

「あたしは小説の分析をしてるんじゃないわ。あんたの好きな子を訊いてるの」

俊一はわけが分からなくなり、まじまじと結城を見た。

（なんだこいつ……？　どこかで、会ったことがあるのか？）

なぜこんな、わけ知り顔で話してくるのだろう。けれど記憶を探っても、結城衿子の名前も顔も引っかからない。ただの嫌がらせか挑発だろうと思うことにして、俊一は彼女を無視して歩き出した。

「ねぇ、訊いてるのよ」

「うるさいな、あんたに答える義理はないだろ」

「あら、義理はなくても人情はあるでしょ。興味のない人にこんなこと訊くと思う？　乙女心が分からない男ねえ」

俊一は歩調を速めた。こういう妙な女にこれ以上関わりあうのはごめんだ。

「マンボウが三億個の卵を産むのはどうしてか知ってる？」

と、歩みを止めた結城が、俊一の背にそう声をかけてきた。

俊一は思わず振り返り、結城を見やった。冬枯れた景色の中で、彼女の唇だけが椿の花のように冴え冴えと赤い。

「……食わせるためだろ」

無意識のうちに答えていた俊一は、自分の言葉に自分でぎくりとした。――これは、本当は自分の答えではない。頭の奥を、ちらりと望の顔がよぎった。

「あんたならそう言うと思ったわ」

結城は満足げに眼を細めると、軽く手を振って、俊一に背を向けてきた。

（あの女、なんでマンボウのことなんか訊いてきたんだ）

大学を出た俊一は、アルバイト先である出版社に向かう電車の中で、結城衿子という妙な女のことを思い返していた。したり顔の三文批評という感じではなかった。それに、最後の問いはなんだったというのだろう。意味は分からないが、気持ちはなんだかむしゃくしゃしていた。

電車の窓からは、薄紅に染まり始めた淡い西日が見える。東のほうでは、鉛色の薄闇が家々の屋根に降り、遠く見えるテレビ塔がチカチカと白い光を点滅させていた。

マンボウは一回の産卵で、二億から三億個の卵を産むという。

そう話していたのは、高校の倫理の教師だった。だが産まれた卵のうち成魚になれるのは一、二匹だ。それなのになぜそんなにもたくさんの卵を産むのかと、倫理教師は生徒たちに問いかけてきた。

俊一はぼんやりと授業を聞きながら、海の中の生態系を守るため、自然の摂理で決まっているだけだろう、と考えていた。

とても合理的なことだ。その合理的なこと、世の中の正しい常識について、それをなぜ、どうして、と考えるのが俊一はあまり好きではなかった。正しいことは正しく、間違っていることは間違っているだけじゃないか。それなのにわざわざ間違うような人間の気が知れないと、俊一はいつも思っていた。

何人かがあてられたが、みな俊一と同じようなことを答えていた。やがて何人めかに、望があてられた。望は大きな眼を困ったようにしばたたき、ちょっと考えて、

『食べさせるため？』

と、答えたのだ。その優しい声が、俊一の耳の奥にじんと響いたのを覚えている。教師は満足そうな顔をし、

『そう。マンボウは自分の卵を他の生物に食べさせるために、たくさんの卵を産むんだ』

と、言った。

夏の、とても暑い日だった。高校の教室にはクーラーも入っておらず、天井でぐるぐる回る四つの扇風機がぬるい空気をかき混ぜ、窓辺からは強い陽が差し込んでいた。

教師はマンボウの卵を、犠牲の精神になぞらえた。

聞いた俊一は額の汗を拭いながら、腹が立つと思った。自分の卵を食べさせてまで他の生命を生かそうとするのが美しいという考えは、人間の傲慢《ごうまん》じゃないのかという気がした。答えたのが望なのも気に入らなかった。ひどいことをされても、自分も悪かったのだと、相手にも優しいところはあったのだと許し続ける望に、その言葉がいやみなほど当てはまるようでムカついたのだ。

痛いとも言えない、ぼんやりした、海の生き物。

望の弱さや愚かさを、俊一は美しいと思いたくはなかった。正しいことだとは、思いた

くなかったのだ。

夕闇の迫る街の背を眺めながら、思い返す俊一の瞼の裏に、最後に会った日の涙ぐんだ望の顔が浮かんでくる。

――俊一は、自分だけが違うと思ってる……。

（間違ってると分かってて、選ぶほうがおかしいだろうが……）

なにか苦い感情が、胸の奥に広がってくる。コートのポケットに突っ込んだままの手を握り締めると、爪が手のひらに食い込んで痛かった。


俊一がもうまる二年アルバイトをしている出版社は、オフィス街の一角に居を構えている。日が落ちる前に着いた俊一は、エントランスを抜け、八階のフロアにエレベーターで上った。エレベーターを降りてすぐの部屋が、俊一の出入りしている編集部だった。部屋に入ってすぐタイムカードを押し、アルバイトの人間が交代で使用しているデスクに私物を置くと、俊一は河合《かわい》の姿を探した。

河合響子《きょうこ》は二年間、俊一を世話してくれている『かじか』の女編集者だ。

「俊一、これ、来週までに起こしといて」

デスクに座ったとたん、ＵＳＢメモリが置かれた。振り返ると河合が立っており、疲れた顔で隣のデスクへ腰を下ろしている。埃で薄汚れたローファーを脱ぎ、ストッキングだけになると、河合は足をぶらぶらと振って疲れを取るような仕草をした。

「取材だったんですか」

渡されたUSBメモリに、日付を書き込んだ付箋《ふせん》を貼りながら、俊一は訊いた。

「巻頭の特集企画。戸板雅夫《といたまさお》よ。学者なんて相手にするもんじゃないわ。喋ってもらうまでに三十分。やっと口を開いたと思ったら、こっちに質問もさせずに、九十分よ」

有名な心理学者の名前を言い、河合がイライラと言った。

河合は今『かじか』誌上で連載している巻頭の企画を担当している。各方面の識者にインタビューをとり、現代社会にメスを入れるという試みだが、出版不況の今、経費削減のために外注のライターを雇うにも厳しく、編集者自ら足を使うことも多くなっている。相手は有名な学者ばかりで、悪気はなくとも偏屈な人間も多く、編集者の苦労も尽きない。

「戸板教授って、こないだ散々取材を断られてた方でしたっけ」

「そうよ。心理日本カウンセラー学会の大御所《おおごしょ》だかなんだか知らないけど、威張り腐っていけすかないわ。あんなやつにカウンセリングなんて受けたかないわね」

悪態づく河合に、俊一は苦笑しながら立ち上がった。

「コーヒーでいいですか」

「悪いわね」

コーナーへコーヒーを淹《い》れに行くと、「ご苦労さま」と声をかけられた。この編集部の副編集長をやっている男だ。

「本山くんがまとめてくれたこの間の記事、読者からも好評だよ。きみは頭がいいから」

「それは……ありがとうございます」

「まあでも、きみは小説が本分でしょ。うちで売れるもの書いて、ドカンと当ててよ」

副編集長は励ましなのか厭味なのかよく分からないことを言って、去って行った。俊一は小さく、ため息をつく。

(その本も、原稿書かなきゃ出ねえけどな)

コーヒーを淹れて戻ると、小太りの男が一人、河合と話していた。

「戸板教授って取材とるの難しいって聞いたよ。河合さんどうやって丸め込んだの」

「女の魅力よ」

「女の前に熟、がぬけてますよ」

俊一がちゃちゃをいれながら話に入ると、すぐに河合の拳が飛んできた。小太りの男が笑う。それは同じ『かじか』の編集者、渡辺《わたなべ》だった。

「渡辺が、『ロウマ』のことであんたの助けを借りたいそうよ」

河合に言われ、俊一は不思議《ふしぎ》に思って渡辺に眼を向けた。

『ロウマ』は同じ文芸雑誌でも堅い雰囲気の『かじか』と違い、写真を多く取り入れた大判の薄い雑誌だ。文芸雑誌の中のファッション誌のようなものだが、内容は結構しっかり作ってある。『かじか』の編集者のうち、数名の若手編集者はこの『ロウマ』も同時進行で手がけており、渡辺もその一人だった。

「『ロウマ』、人員が足りてないんですか？」

訊くと、渡辺は「いや、人手不足は前からだけど」と言う。

「実は今度の特集で、新堂那津子《しんどうなつこ》を引っ張り出そうってことになったんだよ」

「あの変わり者を？」

渡辺の言葉に、河合が驚いたように仰け反った。俊一も同様だ。新堂那津子といえば大物作家の一人で根強いファンも多いが、ここ数年は西日本の山奥で隠遁《いんとん》生活のようなことをしていて、どこの出版社が頼んでも一文も書こうとしないことで知られている。その新堂を引っ張り出そうというのだから、並大抵の努力ではすまないだろう。

「その企画、ちゃんと通ったの」

「通しましたよ。新堂那津子の隠遁してる西日本の風景写真を背景に、女史の雑感とか雑文とかを寄せてもらうっていう企画なんです。新堂那津子っていえば奇人ですけど、眼はひくかと思うんです」

「そりゃあね。でもそんなセンチメンタルな企画にあの女先生が乗るかしらね」

「それが乗るって言うんです。ただし……条件があって」

渡辺が言葉を濁し、ちらりと俊一を見た。

「まさか若い男を生け贄《いけにえ》に連れて来いって言うの？」

「いえ。でも似たようなもんかも。実は、その写真を撮るのが篠原《しのはら》先生だったら、乗るって言うんですよ」

篠原。

渡辺の言った名前に、俊一はぎくりとして一瞬息を止めた。そういえば、以前『かじか』の取材で、篠原が新堂那津子を撮影していたはずだ。同じことを思い出したらしい河合が、「でも篠原はねぇ……」と苦い口調になっている。

去年の初冬、篠原は望を往来で殴りつけて入院させた。

もちろんそのことは、公になっていない。けれど篠原は望を失った直後、依頼されていた仕事をすべて放棄して海外へ行ってしまい、以来、カメラマンとしてはほとんど「干された」状態だった。

狭い業界のことで、噂はすぐに広まる。聞くところによると、篠原は以前も付き合っていた女性を殴って自殺未遂に追い込み、その後海外へ高飛びしたという。あいつはそういう性癖の、どうしようもない人間だ、という話が今でも囁《ささや》かれていて、半年以上前に海外から戻ってきたとも聞くが、仕事をしている様子はさっぱりない。

「でも、一応編集長からはゴーサインが出て……」

渡辺の言葉に、河合が「なんか、せこいわね」と眉を寄せた。

「変人の新堂那津子と、暴力沙汰の篠原を組み合わせて、話題性で客を呼ぶってわけね。暴力男も、表現のしようによっちゃ芸術肌になる……そんなとこでしょ。三流週刊誌のやり口じゃない。で、俊一に、篠原ンとこに行ってくれって？」

渡辺は困ったような顔で、額の汗を拭いている。

「仕方ないんですよ。『ロウマ』も部数の落ち込みが深刻で……僕からも、篠原先生に声かけてはみたんですけど、引き受けてもらえなくて。本山くん、篠原先生に気に入られてたし、頼んでもらえないかと思ってね」

渡辺が胸の前で手を合わせてきたが、俊一は頷くことができなかった。協力してやりたい気持ちはある、だが……。黙っていると、河合が眼をすがめてくる。

「引き受けてあげたら？　せこい企画だけど、売れなきゃ意味ないんだし」

河合の後押しに、渡辺が救われたような笑顔になった。

「ね、本山くん。本山くんの小説、『ロウマ』にも載せたいと思ってるんだよ」

急にそんなことを言う渡辺に、俊一は「はあ……」と曖昧《あいまい》に返事をした。河合の顔色がわずかに苛立ったように変わったが、鈍感な渡辺は気づいていないようだ。

「……そういえば、今年の『かじか』新人賞の候補に、若手が残ったわね」

河合が口にすると、渡辺がパッと笑顔になる。

「本山くん以来の若手ですよね。確か、本山くんと同い年の子だよ。最後まで残れるか分かんないけど、下読みからの評だと、なかなか面白いみたいですよ」

生き生きと話しはじめた渡辺に、俊一は「へえ……」とぼんやり返事をした。とたん、河合に睨まれた。

「へえ、じゃないわよ。あんた、他人事と思ってるの？　最近持ってこないじゃない。渡辺はこんなこと言ってるけどね、原稿がなきゃどうせ雑誌にも載らないし本だって出ないのよ。あんたは一体、書いてるの？」

「……一応は」

実際にはこの一年、ほとんど書いていないが、俊一はそう言って逃げた。

「一応は？」

けれどその返事が悪かったらしく、河合が眼を剝いた。

「一応程度の気持ちで、いいもの書けると思ってるの？　スランプなんて言わないでよ。まだ一冊も出してないガキに、スランプなんてないからね。もう書くのをやめるんなら、そう言いなさい。あたしもあんたを見限って、晴れて引退できるわよ」

河合の声はだんだん大きく、激しくなっていった。横の渡辺がなぜか一人、わたわたと慌てている。けれど俊一は、ただ黙って叱責を受けるしかなかった。

俊一が河合に面倒を見てもらって、二年だ。もうすぐ三年になる。それなのにまだ作家として独り立ちできず、若手の新人賞候補者がいると言われても焦らない俊一に、河合は苛立ったに違いなかった。

「……あんた、書く気あるのよね？　小説、書きたいのよね？」

問われて、俊一は咄嗟には答えられなかった。

「ま、まあまあ。いいじゃない。作家なんてさ、どこかのえらい先生は、囚人になってからだって書けるって言ってたくらいだし、いや、それは極論だとしても、若くしてなったほうがいいわけじゃないんだから。ね、河合さん」

小心者の渡辺が、慌てて仲裁に入ってきた。それに気が削がれたように、河合は小さくため息をついてデスクの引き出しからシガーケースを出している。

「それよりさ、本山くん。さっきの篠原先生の話。『ロウマ』も正念場なんだよ、頼む！」

再び頭を下げられても、俊一は答えに窮するだけだった。目上の人に頭を下げられてうんと言えない自分が嫌だ。だが、心の中でもう一人の自分が「篠原に会うのは絶対嫌だ」と叫んでいて、その嫌悪感には到底耐えられそうもなかった。しばらくすると、河合が「そのへんにしたら」と、助け船を出してくれた。

「とりあえずその話は、俊一も少し考えて。どっちにしてもまだ先の号でしょ？」

渡辺はしょんぼりと肩を落とし、「分かりました」と去っていく。渡辺がいなくなると、河合がわざとのように大きく吐息した。

「望くんのことは、望くんのことでしょ」

いきなりずばりと言われて、デスクに座ろうとしていた俊一は動きを止めた。息が詰まるような気がする。

河合は望のことを知っている。もう二年も前、望が俊一の忘れ物を編集部まで届けてくれたことがあって、仕方なく紹介したのだ。河合はその時から、望を「可愛い子」と言ってなぜか気に入っている。

やがて望と篠原が付き合い、別れたあと、なにかの拍子に俊一は篠原の相手が望だったことを漏らした。正確には、河合がなにやら感づいているようだったので打ち明けた。河合は驚かなかった。そしてどういうわけか、河合は俊一が望に抱えている、普通の幼馴染みに対するのとは違う複雑な感情にも、気づいているらしかった。

「あんたと望くんは違う人間なんだから。篠原に会ったところで、あの子にはなにもないじゃないの」

「多田《ただ》のことは、関係ありませんよ」

俊一はそう言って、話を無理に終わらせた。河合が肩を竦め、今度こそシガーケースを持って喫煙室のほうへ行く。

河合の言うことは――正しいかもしれない。

俊一自身が、篠原になにかされたわけではない。だが顔を見るのも声を聞くのも嫌だ。

その嫌悪感は理性とははるかに違う部分から、まるで悪魔のように俊一の心を支配してくる。篠原の名前を思い返すだけでも、言いしれない怒りと嫌悪、そして——苦い、後悔のようなものがじわじわと胸に湧く。

『篠原さんなら、今までのヤツらよりはいいと思う』

『俺がお前にしてやれることは、限られてる。俺たち、少し離れたほうがいい——』

一年前の夏、俊一はそう言って望と篠原を付き合わせた。そしてそのくせ、篠原に抱かれる望を見たくなかったから、離れたのだ。離れようと言った時、望は傷ついた眼をしていた。

——おれを捨てないで、俊一……。

望の眼差しから溢れてきたその言葉を無視して、俊一は望を篠原に預けた。篠原が望を殴っていたと知ったのは、それからしばらくしてのことだった。

嫌な記憶だ。思い出すと胸をかきむしり、叫びだしたいような気持ちになる。後悔、自己嫌悪……自分は望を、あの時一瞬、捨てたのかもしれないという、痛み。

そんな気持ちを忘れたくて俊一はその日、わざと仕事に没頭した。

作業に集中しているうちに、気がつくと時計の針は午後十時を回っていた。この時間になっても編集部には人がいるが、今は忙しい時期でもないのでさすがにまばらだった。河合ももう帰るというので、俊一も退社することにした。

オフィス街は夜になると廃墟のように静かになる。

立春を過ぎて季節は緩やかに春めいてきたものの、夜は真冬の冷え込みだ。鼻の頭と頬が突き刺すような冷気に凍り、俊一はコートの中で体を丸めるようにして、五分おきに到着する環状線に乗り込んだ。新宿に着くと乗客のほとんどが降り、俊一も同じように下車した。なんの気なく電車の発車時刻を表示する電光掲示板を見ると、中央線の電車があと十分後に出るようだ。それを使えば望の住まう家まで、ここから二十分ほどで行ける。

ふと、望に会いたい気持ちが浮かんでくるけれど、俊一はそれを飲みくだした。

(実家まで、わざわざ行くほどのことじゃないだろ)

自分と望は、恋人でもなんでもないのだ。

俊一は足早に改札を出て、西武新宿駅へわざと遠回りに歌舞伎町を抜けた。そこはネオンも明るく人も多い。派手なかっこうをした女たちが香水の匂いを振りまき、何人ものホストが街角をうろついている。いくらか歩いたところで、

「お兄さん、可愛い子いるから寄ってかなぁ～い」

と、声をかけられた。キャバクラの呼び込みだろう。無視して通り過ぎようとしたら、腕をぐいと引っ張られる。呼び込みに声をかけられることはままあるが、腕まで掴まれた

のは初めてだ。払おうとして振り返ってから、俊一はぎょっとなった。

「よ！　お久しぶりんご！」

いまどきそれかと思うようなギャグを言って、ドギツいピンクのはっぴを着た五島《ごしま》が、浅黒い顔でニヤニヤと笑っていた。

「……お前、何やってんだよ」

俊一は思わず顔をしかめてしまった。

五島は高校時代の同級生だった。友人、というほどでもない。少なくとも俊一は五島を嫌っていた。五島は望と付き合っていたこともあるが、下半身にだらしなく何度も浮気し、別れたあとも望のバカなところにつけこんでは強姦まがいに抱いていた。当然これまでも、俊一は五島としょっちゅうモメてきた。正直、反吐を見たような気分になる。

「なにって、見りゃ分かるでしょ。バイトだよ、バイト。うちの店すぐそこだから、寄っていってよ」

「そりゃご苦労さん。じゃあな」

取りあうのもバカバカしくて立ち去ろうとしたら、五島に後ろから抱きつかれて、俊一は立ち止まった。

「つれないこと言わないでよお。ノルマ達成できなきゃクビになっちゃう。今仕事なくしたら、俺ったら明日のメシも食えないほどなのよ。ね、安くするからさぁ」

これが望なら、五島に同情してついていくかもしれない、と俊一は思った。そして、五島は安くなどしないのだ。ぼったくられた望は怒るかもしれないが、きっと最後には親身になって「そんな嘘ついちゃダメだよ……」と諭したりするだろう。

（バカが。だから男どもがつけあがるんだ）

俊一は、自分の想像に勝手にイライラした。

「放せアホ、重いんだよ」

離れようとしない五島を引きずって、俊一は歌舞伎町を突っ切る。西武新宿駅まであと少しのところで、背中にはりついていた五島が突然「あ！　望ちゃん！」と、声をあげた。

「そんな手にのるかよ」

俊一は毒づいたが、それでも五島が指差すほうを見た。いかがわしい店の間に建ったファーストフード店。やけに明るい白い光がガラス張りの正面から覗き、その窓際に見覚えのある顔が見えた。

ウィンドウの向こうに望がいた。望は笑っている。そして望の向かいには、照れたように頬を染めた、大貫が座っていた――。

（……なにしてんだよ）

心臓が一度、大きく鼓動を打った。五島が耳元でなにか悔しげに言ったが、聞こえてこない。後頭部を重いもので叩かれたように、ショックだった。

不意に——俊一の脳裏に浮かんだのは、一年前の病室の風景だった。

篠原に殴られて、入院していた望を、おそるおそる見舞った時のことだ。最後に会った日、俊一は望にひどいことを言った。だから望にはもう許してはもらえないだろうと、俊一は怯えながら会いに行った。

望はけれど、憑《つ》きものが落ちたようにさっぱりした、嬉しそうな顔で俊一を出迎えてくれた。

——おれはずっと俊一が一番好き。でもおれはもう、これだけでいいよ。

……初冬の病室。窓から差しこむ淡い光に照らされた望が、そっと、優しい声で言っていた。望を受け入れられなくてうなだれていた俊一の手に手を重ね、微笑んでくれた。

——他になんにも、なくていい……。

他になにも？　あとになって、ふと、俊一は疑った。俺がなにも与えなくても、お前は俺を好きでいるのか？　……いられるのか？　なにもなくても、俺を、好きで、と。

今眼の前では、望が大貫と笑っている。

(俺はお前がどうしてるか、どう連絡をとろうか、気にしてたのに……)

望は違うのか、と思った。

かつてなにもいらない、と言った言葉どおり、望は俊一からのメールや電話も待っていなかったのかもしれない。そしてかわりに、大貫と会っている。

その顔に泥をぬり殴りつけたいほどの恐ろしい衝動が、俊一の中を通り過ぎた。

気がつくと俊一はウィンドウに近寄り、ガラス越しに望の正面に立って、そのガラスを小突いていた。手袋をしていないかじかんだ手に、ガラスの感触が冷たかった。

窓の向こうで振り返った望が、驚いたようにこちらを見る。血色のいい頬からすうっと血の気がひき、その眼に困惑と怯えが走るのを見た時、俊一は胸の奥で渦巻いていた怒りがわずかに軽くなるような気がした。けれど同時に、まだ凶暴な気持ちがあった。

――もっと傷つけ。

そう思う自分がいた。

五島が後ろでなにか言うのも無視して背を向けると、駅に向かって足早に歩く。

ふざけんな。

と、俊一は思っていた。

(ふざけんな、ふざけんな、ふざけんなよ。なんで大貫と会ってんだよ、お前は俺が好きなんじゃねぇのかよ、なんで俺の知らないとこで――)

誰とどこでどう会おうと望の勝手だとか、望になにも与えずに好きだと言われた一言で縛りつける権利などないとか、そんなことは頭から吹き飛んで、ただ抑えられない苛立ちと憤りに、俊一は理性を失った。

追ってこい、と思っていた。大貫など放り出して、俺を追いかけろと。

「俊一！」

やがて後ろから、予測していた声が聞こえてきた。けれど俊一は振り返ってやらなかった。望が追いかけてきたことに、そして望に置いていかれた大貫に対して優越感を感じる。

——見ろ、望が好きなのはお前じゃなくて俺だよ。

そう、大貫に言ってやりたい。

「俊一、待ってよ。なんで怒るの」

望が、焦ったように俊一の腕を摑んできた。その顔が、今にも泣き出しそうだ。俊一に怒られて、嫌われそうで、傷ついている望の顔。大きな眼の中に、苦しそうな色が映っている。

嫌わないで、嫌わないでと、その眼だけが訴えてくる。

「大貫とは、偶然会って話しただけだよ。学校の友達も隣のテーブルにいたの。そしたらそこに大貫が来たから、少し話してたんだよ」

「信じられるかよ」

俊一は鼻で嗤《わら》い、冷たく突き放した。望の眼が傷ついたように揺れている。かわいそうにと思った。信じてほしい自分にひどいことを言われて、なにもいらないと言いながら、やっぱり傷つけられている望。

それなのにどうしてか、俊一は一方ではホッとしている。

――まだ俺は、望を傷つけられる。まだ、望は俺の言葉で傷つく。望はまだ、俺を好きなままだ。俺を、好きなまま……。

「本当は大貫に呼び出されて、ほいほい会ってたんじゃないのか」

そう口にした時――消えてしまえばいいと思った。……自分に対してだ。

「どうせまた流されるんだろうが？　それとも今日からお付き合いするのか？」

(最低だ、俺は)

「なにもいらないとか言っておいて、結局お前は男に抱かれなきゃダメなんだよ。だから突っぱねられないんだよ。それでも一年、よくもったほうだ。まあ、勝手にしろよ――」

(黙れ。これ以上、傷つけたら……)

まずいと思ったその時、先に音があった。次に頬の痛み。

眼の前には望のまっ赤な顔。その眼から、涙がこぼれ落ちるのが見えた。

とたん、ああこの涙が見たかったのだと、俊一は思った。気がついて、自分にぞっとした。

「おれが好きなのは俊一だって……何度も、言ってるのに」

涙にかすれた声で、怒りに震えながら望が言った。明るいネオンの照り返しが、望の眼からこぼれる涙に映っている。

「そんなに……おれが、迷惑なら、おれを忘れて。無理して、会ってくれなくていい

「……」

――忘れて？

言われた瞬間、俊一はぎくっとして、望を見つめた。

（無理なんかしてない）

不意に、俊一の中の凶暴な気持ちが冷めていく。

（俺はそんなつもりじゃない、迷惑なんかじゃや、迷惑なわけが）

やりすぎたのだ、傷つけすぎたのだ。俊一はうろたえた。なにか言わなければならない。なにか――けれど声に出す前に、望はもう踵を返して駆け出していた。望の薄い背中は、夜の街の中へあっという間に消えていき、数歩追いかけた俊一は、それ以上動けなくなって立ち止まった。追いかけて、そのあと――自分は、どうするつもりなのか？手を取って謝って、抱きしめてキスをし、ただの、ただの嫉妬《しっと》だと言うのか――。

（まさか）

俊一は咄嗟に、自分にブレーキをかけていた。そんなことができるようなら、初めからすれ違っていない。初めから、誰にも望を、篠原にさえ抱かせてはいない……。

打たれた頬がなぜだか急に強く痛みはじめ、俊一は立ち尽くしたまま、望が消えていったネオンの向こうをじっと見つめた。

きらきらと輝く街の明かりは、けれど、俊一の眼にはどこか遠く、幻のように映った。

三

「河合《かわい》さんこれ」

その日アルバイトに行った俊一《しゅんいち》が預かっていたUSBメモリと起こした原稿を渡すと、河合は一瞬不審げな顔になった。

「……戸板《といた》のテープ起こしなら、来週でいいって言ったでしょ」

「なんとなく」

そう言う自分の顔は、きっとひどいのだろうなと俊一は思った。昨夜家に帰ってから、とりつかれたように預かったインタビューの音声を起こした。終わったのは明け方だ。鏡に顔を映したら、ひどく浮腫《むく》んで眼の下がまっ黒だった。河合はそんな俊一を黙って眺めていたが「ありがと」とだけ、言ってきた。

その日も、昨日のことを忘れるように作業に集中するうち、いつしか夜になっていた。仕事が終わったとたん、昨夜の望《のぞむ》とのやりとりが思い出され、俊一は小さくため息をついた。

コーヒーでも飲むか、と席を立つ。無料でコーヒーを淹れられるコーナーではなく、気分転換のためフロアを出て自販機コーナーへ行った。全面ガラス張りの壁に面して設置されたコーナーは明るく、喫煙場所や、打ち合わせ用のブースなども置かれている。小銭を出していたら、「本山《もとやま》くん、本山くん」と声がして俊一は振り返った。打ち合わせブースを仕切る衝立の上に渡辺《わたなべ》が顔を出し、手招きしている。

「……なんですか？」

不思議に思って近づいた俊一は、衝立を回ってぎくりと足を止めた。――渡辺の向かいに、篠原《しのはら》が座っていたのだ。

「昨日話した『ロウマ』の特集のことで、篠原先生に来てもらったんだよ。ね、本山くんからも頼んでよ」

渡辺にそう言われて、俊一はまじまじと篠原を見た――篠原の様子は、一年前俊一が親しくしていた頃とは、ずいぶん違っていた。俊一の記憶にある篠原は若々しく、逞《たくま》しい大人の男だ。けれど眼の前に座る男は頬がこけ、眼下に青黒いクマが広がって落ち窪み、唇も荒れて色がなかった。明らかに痩せた体軀に、手入れされていない髪と無精髭。それなりに身なりを構っていたはずが、今は見る影もなくくたびれている。

その篠原が、口元を奇妙に歪ませた。笑っているのだと気づいたのは数秒後だった。

「久しぶりだな」

かすれた声で言われ、俊一は金縛りがとけたようにハッとした。変な汗が額にじわっとにじんでくる。

「あ、僕三人分の飲み物もらってくるから、ほら、本山くんも座って待ってて」

渡辺は勝手に決めて俊一を椅子《いす》に座らせると、すぐそこの自販機ではなく、わざわざフロアのほうにコーヒーを淹れに行ってしまった。渡辺の手前一瞬迷ったが、篠原と二人きりでいるのが嫌で、俊一は立ち上がろうとした。その矢先、篠原に、

「望はどうしてるんだ？」

と、訊かれた。見ると、篠原はニヤニヤと厭味《いやみ》な笑みを浮かべている。なぜだかからかわれているのが分かり、カッとなったが、社内なので俊一は怒りを抑えこんだ。

「……なんであんたにそんなこと話してやらなきゃならないんです」

無愛想に返しても、篠原は意に介した様子もなくさらに「望と、セックスしたか？」と訊いてきた。

「何人もの男に仕込まれただけあるよ、感じやすくて、結構いいんだ。知ってたか」

俊一の頭に血が上った。立ち上がり、気がついた時にはもう篠原の胸倉を摑んでいた。

「それ以上言ってみろ、お前を……」

「どうせしてないんだろ、お前は臆病だからな」

篠原は臆した様子もなく、鼻で嗤ってきた。腹が立ったが、なにも言い返せなくなった。

臆病。その言葉が胸にぐさりと刺さり、こんな男に少しでも動揺させられたことに嫌悪を感じる。

（ばかげてる）

大体、篠原がなぜこんなことを言ってくるのかその意図もよく分からない。ただ望の名前を口にされるのさえ不愉快で、俊一はもう立ち去ろうと、篠原の胸倉を離した。足早にブースを出ると、背後から、篠原がまだからかってくる。

「おい、まだ行くなよ。望の話をしてくれよ」

俊一はじろりと篠原を睨みつけ、踵を返した。口をきくのも嫌だった。

（誰が、誰がお前なんかに望の話をするんだ。お前みたいな暴力男に……）

不意に——瞼の裏にフラッシュバックしてきたものは、篠原が望を殴っていた映像だった。去年の秋、俊一の部屋の近くの川原で、篠原は望を殴り、蹴りつけていた……あれを見た時に感じた、焼け付くような衝撃と怒りが今また俊一の中に蘇ってくる。

気がつくとフロアに入る手前の、大きな観葉植物の鉢の横で、俊一は立ち尽くしていた。

鈍い頭痛がし、苦々しい後悔が胸の奥から痛いほどに湧いてくる。

——俺が、望を篠原さんに預けた。俺が望を受け入れていれば……。

（違う、俺は間違っていなかった。あの時は、ああするしかなかったんだ）

俊一は弁解する。

（俺が、望を選べるはずがない）

フロアのほうから足音が聞こえ、俊一は我に返って顔をあげた。ちょうど、渡辺が三人分のコーヒーを手に持って来たところだ。

「あれ、本山くん。もう話し終わったの？」

「あ、はい……すみません。ちょっと急ぎの仕事があるので」

俊一は適当にごまかし、謝りながら渡辺が淹れてくれた自分の分のコーヒーをもらって、席に戻った。戻ると、河合がなんだか熱心な様子で、分厚い原稿の束を読んでいた。

「……単行本の原稿ですか？」

ふと訊くと、河合が「ほら、『かじか』の賞で若手が残ってるって言ってたでしょ。あれよ。なかなか面白いわ、まだ雑だけど」と声を弾ませる。

文芸雑誌の編集者になどなる人間はまずもって、小説が三度の飯より好きな人種だ。河合も渡辺も、面白い小説を見るとやたらと機嫌が良くなる。

「最初に投稿してきた、あんたの感じに似てるわ」

そう言われて、俊一はちらりと原稿のほうを見た。とはいえ興味もないので、中身までは見ない。仕事で回されたら、どうせ読むことになるだろう。

（最初の、投稿作ね……）

入賞し、雑誌掲載もされたものだ。今思えばあの頃が一番、書くことに没頭していた。

「俺に似てたら、大成しないでしょうね」

冗談のように言うと、河合が「分かってないわね」と返してくる。

「小説なんて、書こうと思っても、脛に傷のない人間は書けないものよ」

その言葉に覚えがあったから、俊一はドキリとして河合を振り返った。しかし河合は作品に集中しているらしく、俊一のほうを見向きもしない。脛の傷か、と俊一は一人胸の中で繰り返した。

——すねのきず。

俊一の耳の奥へ、音もなく望の声が蘇ってくる。一年以上前、俊一は篠原に殴られて逃げてきた望を抱きしめて、眠っていたことがある。あの頃は毎日、腕の中にあった望の細い体。望は次兄の康平《こうへい》に、自分が俊一の脛の傷なのだと言われたと言う。

『おれは俊一の、すねのきずなの……？』

望にそう問われた時、俊一は答えられなかった。

高校時代から、去年までの間は、俊一は小説を書くのが好きだった。いや、好きというのとは少し違う。書いていなければ、自分の中のバランスを保てないような……そんな気がして、書いていた。書き続ける言い訳がほしい。だから作家になろうと思った。けれど一年前、望が入院をした頃から、ふと筆がのらなくなってしまった。

——おれはずっと俊一が一番好き。でもおれはもう、これだけでいいよ。

なにもいらない、と望は言った。俊一は望に、置き去りにされた気がした。

あれから、書けなくなった。書けない。

書いても、なにか大切なことをごまかして、上澄みだけをすくって書いているような……そんな、面白みのないものばかりになってしまい、河合にも眉をひそめられる。

時折、もうやめようかと思う。もう、小説を書くことをやめて、普通の人生を生きようかと。本当なら自分は、そのほうが似合う人間なのだ。

マンボウが卵を三億個産むのはなぜかと訊かれると、生態系の維持のせいに決まっていると考え、そうじゃない答えに苛立つ。常識にはずれることや世の中からはみだしたことを、本来自分は嫌っている。「正しいこと」しか、本当はしたくない……。

そんなことを考えていると、なぜだか胸の内に望の優しい顔が浮かび、俊一の胸は締めつけられた。それは罪悪感のせいだ。たった今こんなことを思った自分を、望に許してほしい。どうしてかそう思う。

その時廊下のほうから、渡辺の声がかすかに聞こえてきた。

「本山くん、呼んできますよ……」

どうやら篠原に言っているらしい。俊一は反射的にカバンとコートを引っ摑み、パソコンの電源を落としていた。

「すみません、河合さん。今日これであがります」

口早に言うと、河合が「はいはい、お疲れさん」と原稿から顔もあげずに手を振る。俊一は自販機コーナーに行くのとはべつの出入り口から、そそくさとフロアを出た。篠原とは二度と顔を合わせたくなかった。

会社を出て、近くで夕飯を食べたあと、いつもどおり新宿に出た俊一は改札を出ようとして立ち止まった。電光掲示板で中央線の出発時間を確認すると、三分後に電車がある。

時刻は、十時だ。

——お前は臆病だからな。

昼間会った篠原の言葉が頭の中をよぎると、胸の中がガサガサと嫌な気持ちになる。

(今からなら、まだ望の家まで行ける……)

篠原に会った直後だからかもしれない。俊一はどうしてか、望の顔を見て、望の存在を確かめたいような気になった。

大貫と一緒にいた望を責めたて、怒らせたのはつい昨日のことだ。少し勝手だろうかと感じながら、気がつくと、なにかに背押されたように中央線のホームへ下りていた。

三鷹に到着したのは、十時半間近だった。

日中は賑わう駅前商店街も、今はシャッターが下りて不気味なくらい静まり返っている。

下連雀の住宅街に入る前に、俊一はコンビニエンスストアに寄って肉まんを買った。なんとなく手ぶらでは行きづらい気がしたせいだ。

信号を渡り裏の路地を抜けると、大きな邸宅ばかりが軒を連ねる界隈になる。やがてひときわ大きな家の前で、俊一は二階の窓辺にうっすらと灯る明かりを探した。

ポケットに突っ込んであった携帯電話を取り出し、少しためらいながらも、電話帳を呼び出す。三回コールする間、漏れた息が白く凍って闇夜の中で揺らめいていた。

『もしもし……？』

いくらか緊張したような声が、電話の向こうから聞こえてきた。俊一の心臓もどくんと脈打つ。思わず一瞬息が止まった。

「あのさ……お前、今、どこ？」

できるだけ、平静を保った声で訊く。

『……家だけど』

「俺、お前んちの前」

電話の向こうで息を呑む気配があり、二階の窓のカーテンが開いた。望の顔が、出窓の向こうに小さく見える。ここからでも、眼を大きく瞠っているのが分かる。その丸い頭の輪郭《りんかく》が、後ろの明かりを受けてぼんやりと光っていた。

（……空にかかった、お月さまみたいだな）

ふと俊一は、そんなことを思った。

そういえば子どもの頃、望と一緒に大きなクリスマスツリーを飾ったっけ。

あれは俊一の家だった。クリスマスに親兄弟が家にいないという望を、俊一の母親が善意で預かった夜ではなかっただろうか。

ツリーには、お星さまはあるのに、お月さまはどうしてないの。お星さまはお月さまがいなくて、さみしくないの。と、望が心配したので、俊一は金紙を丸く切って月を作ってあげた。俊一の母が望を抱っこして、望はお星さまの隣にそのお月さまを飾ろうとし、嬉しそうに俊一を見下ろしてきた。望の頭はちょうど、その紙のお月さまと同じくらいで、俊一は望も、ツリーにつけられた可愛い人形飾りのように思った……それを、どうしてかふっと思い出す。

カーテンが閉まると、そのお月さまは窓の向こうに消えてしまい、通話も切れた。かわりに門扉の向こうで玄関扉が開き、寝巻きの上に上着を一枚羽織《はお》っただけの望が駆け出してきた。一瞬立ち止まった望の体が、深い闇の中、青白く浮かび上がっている。それはあんまり細くて、冷気に凍って、崩れてしまいそうに見えた。数秒、望は驚いたような顔で俊一を見つめ、それから近くに駆け寄ってきた。黒い門扉に望が手をつくと、その髪から、洗いたての石けんの香りがした。

「……これ、土産《みやげ》」

俊一は持っていたレジ袋を押し付けた。望は一瞬戸惑った顔をしたが、そのあと小さな声で「ありがと」と囁き受け取ってくれた。気まずい、破りにくい沈黙が二人の間に流れる。

「……寝てたか？」

やっと、俊一はそう訊けた。もっとも、それを訊きたかったわけじゃない。

「ううん。さっきお父さんが帰ってきて……ご飯出したりしてたから。俊一は、今日実家に帰るところなの……？」

「いや」

言ったきり、言葉が続けられなかった。

（会いに来たんだ。お前に、会いに来た……）

けれど言えない言葉が、ひとりでに胸に寄せてくる。望も押し黙り、俊一の渡したレジ袋を所在なくもてあそんでいる。

「昨日は……」

口にすると、望が静かに顔をあげた。俊一は息を整え、何度か言葉をつごうとして失敗した。

「……ごめんな」

その一言を、ようやく、言った。なぜ謝ることが、これほどに苦しいのだろうと、これほどに勇気がいるのだろうと思った。別れてしまったかつての恋人たちのことを思い出しても、彼女たちに謝ることにはこんな緊張がなかった気がする。望に対して頭を下げることは、それと比べてとても難しかった。

望は黙っていたが、俊一が見下ろすとさっと眼を伏せた。薄い瞼は青白く、潤んだ瞳の上で、睫毛は蝶々の翅《はね》のように震えている。俊一はにわかに胸がざわめくのを感じた。

すると望は門扉にかけた指をもじもじさせて、蚊の鳴くような声で訊いてきた。

「俊一、触っても……いい？」

上目遣いに見上げてきた望に、張り詰めていたものが切れたように、俊一は動いていた。お月さまのように丸い頭を、胸に抱く。二人の体に挟まった門扉が、がしゃんと音をたてた。冷えた髪に頬を寄せ、息を吸い込むと、望の匂いがした。胸の奥が、ホッと緩む。そしてその時になってやっと、俊一は、望に会って触れることで、自分は安心したかったのだと、そのためだけにここまで来てしまったのだと気づいた。その気持ちが通じたように、望も腕を伸ばして、俊一のコートにしがみついてくる。

「久しぶり……。俊一の匂い」

かすれたような声が痛々しく、同時に悩ましくて俊一の気持ちは乱れた。腕の力を緩めて顔を覗き込むと、潤んだまま見上げてくる望の瞳があった。誘われるように口づけたら、その唇は少し乾いて荒れていた。それを潤すように、何度となく舌先で舐める。動くたびに門扉が音をたて、どこかの家の庭先からは、犬が吠えるのが聞こえてくる。

息さえも凍るこの夜、生まれ育った街で、こうして自分たちが口づけていることを誰も知らないだろう。

俊一は今になって、ずいぶん長い間望にキスをしていなかったことを思い出した。あれほどあった望への苛立ちが、口づけたとたんに解かれて消えていく。

歯列を割って舌を差し入れ、喉の奥まで激しく舐め回すと、苦しげな息の合間に望は喘ぐような声を出して震える。髪の中に指を差し入れ、頤をもう片手で持って、痛いかもしれないほどに上向かせた。咥内を、唇そのものを、そして唇の周りにも口づけた。うなじを撫《な》でさすると、望の細い体がぴくんと動く。

けれど突然、下肢に集まる自分の熱に気づいて、俊一は望を解放した。唾液でべとついた口の周りを、ほとんど反射的に拭うと、見上げていた望の眼の中に傷ついたような影が走るのが分かった。そのことが、言いようのない後ろめたさを俊一にもたらす。

「じゃあ俺……帰るよ」

俊一はそそくさと立ち去ろうとした。けれど望は門扉を押して出てくると、「送る」と言ってきた。

「いいよ。今日はもう、実家に戻って寝て帰るだけだし」

「せっかく来てくれたし」

「いいって」

「杵築大社《きづきたいしゃ》までていいから……」

と言い、望は泣き出しそうに眼を伏せた。ほんの少しでいいから、あともうしばらく一緒にいたい。望はそう言っているのだと、俊一にも分かった。

小さな頃も同じだった。望は、俊一が家に遊びに行くと、いつも二人の家の中間にある杵築大社まで俊一を送りたがった。俊一が帰ったら淋しいと、大社の鬱蒼《うっそう》とした杜の横で泣き出すこともあった。俊一もそれにほだされて、日が落ちて暗くなっても、大社の境内《けいだい》で望と二人いつまでも遊んだりした。あの時は、俊一もまた望と離れがたかった。だが今は、俊一の下肢は熱を持っている。望はきっと、それを知らない。そして俊一は、知られたくない……。

うつむいている望の両手を、自分の両手でそれぞれ握ると、望が見上げてくる。

「お前の手、めちゃくちゃ冷えてる。風邪《かぜ》ひくから、またな」

どうしてか、望の眼に涙が盛り上がり、ひと筋だけ、頬にこぼれた。思い詰めた表情からは、それが悲しいための涙なのか、別の理由のための涙かまでは、推し量れない。

「また来るから」

そう付け加えると、望がこくりと頷いた。

これ以上、望が食い下がらないことを俊一は知っていた。望は結局、本質的なところでは俊一の拒絶を受け入れる。離れると、淋しげに俊一を見上げて、微笑んできた。

「今日は会えて、嬉しかった。来てくれて、ありがとう」

「……うん」

うん。──俺も、俺が、会いたかったんだよ。

口の中に一瞬その言葉がのぼったけれど、俊一は望に背を向けて足早に歩き出した。角を曲がるまで、望の視線が張り付いてくるようだった。胸がちりちりと痛む。痛むのは──罪悪感があるからだ。

夜空を見上げると、冷気に澄んだ空には星が瞬き、月はない。

道はやがて杵築大社の前に出た。夜更けの境内はいっそ不気味なほど暗く、巨大な欅のそばに立つ外灯が物悲しく見える。

俊一はぶらりと境内に入った。人のいない社務所の脇に池があり、畔に立つと、闇の中、水の香りがぷんと香ってきた。外灯に照らされて、池の底でじっとしている鯉の鱗が、折に触れてきらきらと光っている。

……この指とーまれ。

不意に子どもの頃の記憶が、俊一の中に蘇った。

昼間の境内で、近所の子どもたちみんなと、無邪気に遊んでいた頃。

この指とまれと言って、鬼ごっこの鬼決めをする時、いつも一番小さな望が、指にとまるどん尻だったはずだ――だから自分はどうしたのか、どうしたかったのか……。

――突然、俊一は青臭い匂いを嗅いだような気がした。泣いていた、十二歳の望が、ふっと記憶に返ってくる。とたん、吐き気にも似た嫌悪感に襲われ、俊一はよろめいた。

（……望のこと、俺はどう思ってるんだ）

けれど俊一は、いや、この問いは正しくないなと考え直す。本当はどう思っているかなんて、分かっている。ただ、認めたくないだけだ。

（前のようには、戻れないのか……？）

もうとっくに過ぎ去った日々を、自分はまだ見限れないでいる。俊一が望を守り、望が俊一を頼ってきた日々を……あれは、いくつもの嘘の上に築いた関係だったのに。

――引き留めたいなら、選ぶしかない。

大社の木々が揺れて、葉擦れの音が聞こえる。一人立ち尽くす俊一を置いて、夜はただ、静かに更けていった。

四

晴天の続いていた二月の天気は、翌週になって崩れた。

その日俊一《しゅんいち》は、篠原《しのはら》の事務所に向かっていた。午後の山手線は比較的空いており、電車の窓ガラスには雨が打ちつけて、遠くの空まで、青鼠色の雨雲が渦巻いていた。

新宿からすぐの、とある駅で降りた俊一は、曇天を見上げて思わず舌打ちを漏らした。

（くそ、なんで俺が篠原なんかに会わなきゃならないんだ）

来ると決めたのは自分なのに、ついイライラしてしまう。

俊一が篠原の事務所に行くことになったのは、もとはといえば会社にかかってきた一本の電話が原因だった。

『本山《もとやま》くん、ちょっと、ね、この電話、かわって』

渡辺《わたなべ》がニコニコしながら、わざわざ保留にした電話に出るよう促してきた時から嫌な予感はあったが、出てみると案の定相手は篠原だった。『よう、俊一か』と、受話器の奥から声がし、思わず渡辺を睨みつけると、渡辺は両手を合わせて苦笑していた。

『本山くんからなら、企画の説明聞くっておっしゃってるから……』

などと小声で言われれば簡単に切れず、用件を訊いたら、事務所に来いとのことだった。断るつもり満々だった俊一の意図を見透かしたように、篠原は『望《のぞむ》のことで、言っておきたいことがある』とつけ足してきた。そんなせこい手に乗るか、と思う一方で、そう言われればやはり気になる。渡辺には横でずっと拝まれるし、社内で篠原を詰問するわけにもいかず、俊一は結局、了承したのだ。

（ちょうどいい、これ以上望に関わるなって、ハッキリ釘を刺してやる）

いいように扱われているようで腹立たしいが、とりあえずそう決めて、俊一は一応スーツを着て、篠原の元へ向かったのだった。

駅から徒歩五分くらいの場所にある、けして大きくはない五階建てのビルの二階が、篠原の事務所だった。去年、まだ篠原が望と付き合う前までは、俊一は月に一、二度このビルを訪れていた。小さなエレベーターで二階にあがり、事務所の入り口前に出ると、玄関脇に置かれた鉢植えのベンジャミンが枯れている。

（……ひどいな。本当にいるのか？）

辺り一帯埃にまみれ、なんだか廃墟のようで、壁の向こうにも人気を感じない。薄汚れた扉を押してみると、一応鍵はかかっていないようだ。

「新文社の本山ですが……」

静まり返った部屋の奥に、そう言った声が響いて跳ね返ってくる。中に入って、俊一はしばらく立ち竦んだ。記憶にある篠原の事務所と、あまりにも違っていたからだ。電気もついていない室内は薄暗く、埃を被ったデスクや機材はどれも長い間使われていないようだった。ただどこかからか、時計の秒針のコチコチという音だけが響いてくる。

「篠原さん、いないんですか」

もう一度声を出しても、返事はない。足を踏み出すと、足元で灰色の埃が舞う。応接用になっている衝立の向こうには衝立の向こう側へ回って、俊一はぎくりと足を止めた。

衝立の向こうにはソファセットが置かれている。そちらへ回ると、篠原はいた。ソファに座って、身じろぎもせずに俊一を見上げていた。

「よく来たな。なんだスーツじゃないか」

口許だけで笑い、篠原が言う。

「あんたが呼んだんでしょうが。渡辺さんに着てけって言われただけです」

俊一は吐き出すように言って、コートを脱いだ。脱いだコートから携帯電話を出して卓上に置き、ソファに腰を下ろすとカバンから書類封筒もとりだした。それは出がけに、渡辺から篠原に見せるよう頼まれていたものだ。望の話の前に、仕事の話をしてしまおうと俊一は思っていた。

「……電気は、灯《つ》けないんですか」

「あぁ、灯けたほうがいい？」

「こちらの企画書に眼を通していただきたいので……篠原先生のほうで不都合《ふつごう》がなければ構いませんが」

事務的な口調で言うと、篠原は口の端を歪めて笑った。

「よせよ、くすぐったい喋り方は」

俊一は無視し、書類を篠原へ押し出した。顔は極力見ないようにした。篠原が笑いを含んだため息をつくのが分かったが、それも聞こえないふりをした。

やがて無言で企画書を読み始めた篠原を、俊一は盗み見る。昨日見たとおり、やはり篠原は瘦せ、顔色も悪くなっていた。内臓のどこかを悪くしているのかもしれない、とふと思った。

(——こうまで、落ちぶれるもんか)

複雑な、なんとも言えない感情が胸の底から湧いてくるのを感じる。

ざまぁみろと思っている自分。同時に、そんな自分を嫌悪している自分。篠原へ同情する自分。同情以上の怒りを感じている自分。それらの感情がごちゃまぜになり、俊一の中を駆け巡る。

(今は……そんなこと置いておけ)

頭の中にいる、常に冷静な自分自身が己に話しかける声を聞く。感情的になりそうな自分を必死でコントロールし、俊一は膝の上に置いた拳を握り締めた。室内には、篠原が書類をめくる乾いた音だけが、うつろに響いてる。

と、顔をあげた篠原が「そういえば」と言ってきた。

「俺の机に、封筒があるだろ。渡辺に頼まれてるからそれ持って帰ってくれ。確認したいから取ってきてくれるか」

(自分で取れよ)

とは思ったが、一応仕事の相手だ。俊一はおとなしく立ち上がり、衝立の向こう側にある篠原の机上を見た。埃まみれのデスクの上に、数枚の封筒がある。

「どれですか。全部ですか?」

「俺の判子が捺してあるやつだよ」

衝立の向こうから声がし、俊一はその封筒を探した。判子は小さくてなかなか見つからず、探すのに手間取ってしまった。戻ると、篠原は企画書を読み終えていた。

「俺が来たんですから、仕事受けるんですよね。気も済んだでしょう」

冷たく言うと、篠原がおかしそうに肩を竦めた。よれたシャツの胸ポケットから煙草《たばこ》を取り出して、口にくわえる。そのまま、俊一のほうへ顔を突き出してくる。俊一はその行動の意味が分からずに眉を寄せた。

「つけろよ、火」

テーブルの上に転がっているライターをちらりと視線だけで示し、篠原が言った。瞬間、腹の中がカッと熱くなり、俊一は眉をつりあげて篠原を睨みつけた。

「ふん、殺したいって顔してるな」

篠原が笑い、ライターをとると自分で火をつけた。

「お前、分かってるか？　新堂那津子《しんどうなつこ》がほしいのは俺の写真じゃなくて、俺のこれだよ」

と、篠原は自分の男性器のほうを指さし、ニヤニヤと言った。そのあけすけな物言いに、俊一は苛立ってはいたが、それでも驚いた。皮肉な言葉を選ぶ傾向は以前から時々篠原に見られたけれど、今ほど直接的ではなかったはずだ。それが……。

「文芸の未来だとか謳《うた》ってる『ロウマ』の内実なんかこんなもんさ。それで今回の企画の見出しが、『女流作家の境地、大自然との対話』か。笑えるよ」

嘘っぱちだね、と言って、篠原は肩を揺らし笑っている。

「……嘘っぱちさ。俺と同じだろ？」

「結局受けるつもりはないということですか」

俊一は篠原の問いを、あえて無視した。篠原は鼻を鳴らし、俊一を睨《ね》めつけてきた。その顔には歪んだ笑みが乗っているが、眼はまるで笑っていなかった。

「俺のていたらくはどうだ？　満足したか」

「……なんの話ですか」

「とぼけるなよ。お前は勝って幼馴染みを取り戻した。俺は負けて恋人を失った。敗者の無残な有様に、満足したろ」

半分図星を指され、俊一は体が竦むような気がした。それが悔しくて、ぎゅっと拳を握ったまま、篠原を睨む。それでも、懸命に感情を抑えた。

「今は仕事の話です。多田《ただ》のことなら、あとで聞きます」

すると篠原が皮肉げな笑みを浮かべ、灰皿に煙草を押しつけた。

「企画にのってもいい。……そのかわり、望に会わせてくれたらな」

窓に打ちつける雨音が、不意に激しくなった。俊一の中で張り詰めていたものが、切れた瞬間だった。

「断る。あいつは関係ねぇだろ」

「俺と望は恋人だった」

「ふざけんな、あいつを殴って、散々傷つけといて――」

「望に会うのに、お前の許可がいるのか？　抱いてもいないくせに」

俊一は一瞬、言葉を失った。口の中がカラカラに乾いていくのを感じる。頭に血が上る。

「あんたには……関係ない。一年も経って、今さらあいつに、なにするつもりだ」

「俺が質問したいさ、なんで望に会うのにお前がそんなに怒る必要がある」

「一年前に自分がなにしたか忘れたのかよ！」

俊一は我慢できなくなった。これ以上ここにはいられない。その場を去ろうと腰を浮かしかけたが、すぐに篠原の手が伸びてきて、胸倉を摑まれた。ぐいと引っ張られ、俊一は前屈みになる。

「望に会いたい」

息が吹きかかるほど近くに迫られ、耳元で囁かれる。皮肉げに光っていた篠原の眼差しはどこかうつろになり、歪んだ笑みも消えている。

「会って謝りたいだけ……許してほしいだけだ」

なにか恐ろしいものを見たように感じた。篠原の中にある、薄暗い闇を。

それをどうしてか、知っている気がする。とてもよく、知っている気がする。

なぜだか理由も分からない恐怖に襲われ、俊一は篠原をソファに突き飛ばしていた。

コートと荷物を引っ摑むと、ほとんど逃げるようにしてその場を立ち去る。扉をぬけ、階段を駆け下りたところで傘を忘れてきたことに気づいたが、取りに戻りたくはなかった。コートさえ着ず、スーツのまま雨の中へ飛び出した俊一の髪を肩を濡らし、二月の雨は容《よう》赦《しゃ》なく降り注いできた。

ずぶぬれになって帰社した俊一を、渡辺が驚いた顔で出迎えてくれた。結果はどうだと

うるさく聞かれたが、まだ分からないと適当なことを言ってごまかした。

全身濡れ鼠の俊一を心配して、女性社員の数名がタオルを持ってきたり温かいコーヒーを入れてくれ、男性社員には役得だとからかわれて、俊一はそれらに適当に応じながらも、篠原に感じた恐怖がずっと頭の隅にこびりついて気分がもやつき、自分がなにをしているのか、よく分からないほどだった。

その日何時にアルバイトをあがり、どうやって家に着いたのかもよく覚えていない。帰ると、全身からひどい悪寒がたちのぼり、食事もとらずにベッドの中へ潜りこんだ。息が詰まって呼吸も上手くできないまま、どっと襲ってくる疲労に、いつしか泥のような眠りに落ちた。

――俊一。

声がした。意識の向こう側だ。それは途切れてしまいそうに細い。

これは夢だろうかと俊一は思う。夢の中に、望がいた。

白い肌に、今より幼い顔。ああ、あれは十二歳の望だ……。

黒い睫毛が桜色の頬に影を落としている。薄い胸の両脇に、小さく色づいた飾りが、濡れて光っている。

――俊一の、触ってもいい？

声が出ない。俊一はうめいた。

無意識に、下肢へ手が伸びていた。それは自分の指なのに、なぜか夢の中では望の指になっていた。ここに望が触れたら……と思うと、俊一の性器はすぐに硬くなった。

「……は」

息を吐き出し、俊一は達した。望の指を想像して、達したのだ。

ほんの少し扱《しご》いただけでこんなふうに果てることは、普段なら考えられない。ベッドの中、手のひらにかかった生ぬるい白濁に、体中ちぎれてしまいそうなほどの罪悪感を感じて、目尻に涙が浮かんでくる。

――すねのきずって本当？

無邪気さからか、望が俊一に訊ねた言葉。あれがどれほど俊一の胸を抉ったか、とうの望は一生気がつかないだろう。脛の傷は、やましいことの例えだ。

「違う、俺は……俺は」

夢から覚めた俊一は、布団《ふとん》の中でしわがれた涙声を出した。

認めたくないのだと俊一は思った。父は真面目なだけの、普通の人だ。母は善良なだけの、普通の人だ。姉は気が強いだけの、普通の人だ。俊一の家族は誰もが普通だった。適当に稼ぎのある家で、なんの不自由もなく、それなりに愛されて育ってきた。望のように、愛されていることを疑ったことすらない。そんな自分がなぜ、小説など書いているのか。才能があるか、芽が出るかさえ分からない。自分はもうすぐ二十一歳だ。周りの人間は次々に安定した将来を手に入れていこうとしているだろう。それなのになぜ自分は、書くことをまだ、完全には諦めていないのか。

やましいからだ、やましさがあるからだと俊一は思った。

子どもの頃の俊一は、望と体を寄せ合い、互いに間近く触れ合うことを望んで、世界中の屋根が自分と相手のためにしか存在しないと疑いもしなかった。愛の意味さえよく知らなかったが、望のためにそれが存在しないなら、一体誰のために存在するのかと思っていた。疑うことも知らずに思っていた。男同士で愛し合うことがどういうことかなんて、考えたこともなかった。自分にその可能性があるかもしれないとも、誰かにそんな可能性があるかもしれないとも、一度も思わなかった。

また涙がにじんできて、記憶の底から望の白い肌が、紅潮した頬が、桜色の胸の突起が——そして小さく自己主張する性器が浮かんだ。

大勢の男に抱かれたことのある望。尻の奥のつぼみがどのように男を飲み込むのか、俊一は知らない。優しげな顔が、ベッドの中ではどのように歪むのか、あの声がどれほど甘く響くのか、俊一は想像したくない。

けれど知っていると俊一は思う。甘く頬を染めて喘《あえ》ぐ望を知っている。

喉が焼けるように痛い。

不気味な夕焼けが夢の中に広がっている。大社の境内で走り回る子どもたち。望は一番最後に、鬼決めの指にとまる。だからそのちょうど一人手前に、わざとなろう。わざと……そうして自分が最初に、鬼になった望に捕まろう。

そうすれば誰も、誰も、望に触《さわ》れない……。

——そもそも、最初に愛し始めたのは、どっちだったのだろうか？

翌日俊一は風邪をひき、熱を出して寝込んだ。

幸いなことにこの日大学での試験はなく、たまたまアルバイトも休みだったので一日寝て過ごした。時々熱の中で眼を覚ますと、遠くの空に雷鳴が轟《とどろ》くのが聞こえた。翌朝眼を覚ましたら、熱は下がっていた。部屋の中を見渡すと、閉じたノートパソコンの上に分厚い封筒が置かれている。

（なんだっけな、これ……）

首を傾げて取ると、封筒には俊一がアルバイトをしている新文社のロゴが入っていた。

そこでふと、昨日の渡辺とのやりとりを思い出した。

——今回の『かじか』の賞で、最終候補に残ってる子の作品、渡しておくよ。本山くんと同い年だから、よかったら読んでみて。感想聞かせてよ。

確かそんなふうに言われ、俊一は生返事して受け取ってきたのだ。他人の書いたものなど読みたい気分でもなかったが、引き受けたからには読んで感想を伝えねばならないだろう。午後からは大学で試験があるが、もう勉強は済ましてある。つけたままの腕時計を見ても、あと数時間は余裕があった。冷蔵庫からヨーグルトをとってきてぼんやりと食べながら、俊一は中の原稿を引き出した。

最初の一枚には、『ぼうや、もっと鏡みて』というタイトルがある。次のページを開き、冒頭を読んだ瞬間、妙な違和感を覚えた。だがよく分からなかったので、その違和感を無視して俊一は原稿をめくった。そのうち消えるだろうと思った違和感は、数ページ読むうちに決定的なものとなった。

ざっと読み飛ばし、バサリと原稿を膝の上に置く。最後のページに、投稿者の情報が書いてあった。

二十歳。女性。名前は——結城衿子《ゆうきえりこ》。

「……嘘だろう」

俊一は、この話を読む前から知っていた——結末も、言いまわしも、覚えがある。忘れようはずもない。

自分で書いたものだったからだ。

その日すべての試験科目を終えた俊一は、社会学科の二年生のほとんどが受けるだろう、必修科目の試験会場前で目当ての人物を探していた。やがて見覚えのある背中を見つけると、俊一は急いでその背を追いかけた。

「結城衿子！」

呼び止められた結城は、驚くでもなく振り返ってくる。

「あら、声をかけてくれて嬉しいわ」

小バカにするように言い、結城が眼を細めて笑った。その瞬間、俊一は結城が、いつか俊一のほうから話しかけるだろうことを予測していたのだと直感した。

「話がある」

出た声は思ったより刺々しく、俊一は頭の隅でいつも自分はこうだなと思った。近づく人近づく人、誰も彼も気に入らないかのようだ。

「長くなりそうね」

結城はしかし、臆した様子もなく肩を竦め、「ここは寒いから、場所を変えましょうか」と先に歩き始めた。俊一は結城の提案を飲み、大学から出てすぐのところにある小さな喫茶店に入った。店内に客は少なく、奥のソファに老人が一人座っているだけだった。席につき、注文したブレンドコーヒーがくると、結城のほうから切り出してきた。

「あれを読んだんでしょ。あたしが、『かじか』に送ったやつ」

俊一は少しの間言葉を失ったが、結城はどこか毒のある笑みを浮かべていた。こういう女は好かない。俊一はじろり、と結城を睨んだ。

「いつかばれると分かっていて、この前も話しかけてきたのか？」

「あんたは、三文批評屋の得意顔だと思ってたわね」

結城の揶揄を、俊一は無視した。そんなことより、早く本題に入りたかった。

「あれは失くしたんだ」

「本山くんって、コーヒーに砂糖とかミルクって入れないの？　早く入れなきゃ、冷めて溶けにくくなるわよ」

俊一の言葉を遮って、結城が首を傾げる。

「なんであんたがあれを持ってたんだ」

「ブラックで飲む男って好きじゃないわ。甘いものは女と子どもの専売特許だと思ってるやつなんて、特にね。砂糖もミルクもたっぷり入れるほうが、可愛げがあるわよ」

「おい、話をする気がないのか？」

「あるわよ」

結城がニヤニヤと笑って、肩を竦めた。

「でも普通にしたってつまんないわ、あたしはあんたを困らせたいの」

俊一は口をつぐんで、結城衿子をまじまじと見やった。——一体、なんだというのだ。

全くわけが分からない。

『かじか』の新人賞、最終予選の候補作。

それはタイトル以外はすべて、俊一が書いたものだった。書いたのは、高校三年生の時、『かじか』で入賞した『ひとさし指は誰のもの』を書くよりも前のことだ。当時いつもそうしていたように、その作品も、俊一は授業中ノートに書き溜めていた。ところが最後まで書き終えてからしばらくして、そのノートが消えてしまった。あちこちを探したが見つからず、かといって誰からも、「お前小説なんか書くんだな」などと言われない。なので俊一はそのうちに、その作品の存在さえ忘れてしまっていた。

それを突然、新人賞の最終候補作の中に見つけた。しかも投稿者が、得体の知れないこの「結城衿子」という女だ。

「あんた、まだあたしのこと、分からないのね」

結城は小さく笑い、

「あれは盗んだのよ。あんたの机から」

そう、あっさりと言ってきた。

「ねえ、覚えてるでしょ。あんたは窓際の席で、いつもくだらない授業そっちのけで、ノートにあれを書き溜めてた」

頬杖をつくと、結城は窓の外を眺めやった。

「教室の窓からは裏の木立が見えたわ。焼却炉に行く途中の道も、よく見えた……」

「結城、お前……」

「あたしもいたのよ。あの高校に。三年生の時は、あんたと同じクラスに。地味すぎて目立たなかったから、覚えてないでしょうけど。……あたし、一度あんたに告白したわ。好きだって。でも他に相手がいるからって断られた。ねえ、それも覚えてないでしょ？」

結城が、花のように笑った。花と言ってもそれは、派手に咲く大輪の西洋花のような笑みだ。――望とは違う。

望は時々、花がほころぶように微笑む。野辺に咲く地味な、小さな花のように素朴な笑みを見ていると、いつも胸が揺らされる。

本当は、なぜ大貫や篠原が、男たちが、望を好きになるのか、俊一にも分かる……。

(俺が結城に、告白された……？)

記憶の底をさらっても、クラスメイトに結城衿子という人物がいたかどうかさえ、よく分からない。もともと卒業アルバムを見て感傷に浸るようなタイプでもない。女子だと、喋らない子も多かった。けれど告白されたことさえ覚えていないのは、どういうことだろう？

高校時代、俊一には何人か付き合った彼女がいた。その子たちの他にも、告白を受けたことはある。付き合っている相手がいれば断り、たまたま相手がいなくて、まあいいかなと思えば付き合った。

　——けれど今になって俊一は、告白をしてきた子たちはおろか、付き合っていた彼女のことさえあまり覚えていない自分に気がついた。今、高校の時、と思い返して覚えているのは、男しか好きになれないと告白してきた日の望や、他の男と付き合うことになったと淋しげに報告してきた望や、窓辺の席で俊一を見て微笑んでいた望、どこを切り取っても、望のことばかりで、今さら俊一はそのことに動揺した。

（俺は……なんなんだ？　望のことしか記憶にない）

　自分の心の内側の見たくなかった闇のようなものを見てしまった気がして、俊一の額にじわりと冷たい汗がにじんできた。そんな内心を見透かすように、結城が「ほらね、覚えてない」と呟いた。

「あんたは、書いたものをいつも家に持って帰らなかったでしょう？　だからあたしね、放課後にこっそりあんたの机からノートを取り出して、読んでいたの」

　思い出を探るように、結城は眼を伏せた。

「あんたがあの小説を書いていることを、知っていたのは多分あたしだけだったわ。あんたは誰にも話してなかったし、あたしはあんたのことをいつも見てたから、知っていたの。だから秘密を共有しているみたいで興奮した。今思うとかなりの変態ね」

「なんで……盗んだんだ」

俊一は低い声で、訊いた。結城があまりにあっけらかんとしているので、怒りは薄れていた。ただ、分からなかった。高校時代に俊一が書き溜めていた小説をなぜ盗んだのか。そしてなぜ、何年も経った今になって、それを賞に投稿などしたのか。しかもいつか俊一がそれに気づくと予想して、わざわざ先手を打って話しかけてもきた……。

「あたし、ただ見たから」

結城は眼を細めて、囁いてくる。

「あの頃のあたし。地味だったわ。あんたはあたしなんて、視界に入れたこともなかったんじゃない。でも責めてるんじゃないわよ。ただ、あたしは見ただけなの」

なにを、と言おうとして俊一は言えなかった。聞いてはいけないことのような気がした。

「裏の焼却炉に行く途中。銀杏の木の下で」

その場所のことを、俊一も覚えている。薄暗い、湿った場所だった。人気がなく、放課後はことに誰も通らなかった。ゴミ捨てに行く生徒でさえ、迂回して明るい通りを使っていた。——俊一と、望以外は。

「見たの。あんたと多田望が、キスしてるとこ」

……いつの？

秋になると黄金色に輝いた、銀杏の木。放課後、望と二人でゴミ出しに行ったことは数え切れないほどあった。裏手に入るとそこは人気がない。騒がしい学校の中で、唯一二人だけの時間が持てたから、俊一はわざと、その湿った薄暗い道を使った。望はそれを喜んで、ゴミを捨てる行き帰りのたった十分の時間に驚くほどはしゃいで笑った。むき出しの望の愛情が、うっとうしいと思うことはよくあった。ゴミ出しの当番を別の誰かに変えてしまい、望が残念そうに肩を落とすのを見て妙な満足と、罪悪感を感じたこともある。けれどほとんどの場合、俊一も望と二人になりたいと思っていた。

銀杏の木の下で、人目を忍んで望がキスをねだってきたことは一度や二度ではなかった。時には応えたし、時には無視した。けれどどちらにしろ、校内でこっそり交わす口づけは、そのどれもが花蜜のように甘く刺激的だった。激しいキスをしたことはなかった。ただ唇を触れ合わせるだけ。けれど膝を屈めて望の唇近くに顔を寄せると、陽に焼けた前髪からはいつもいい匂いがし、唇が触れ合う瞬間は、望の長い睫毛が頬をかすってくすぐったかった。そんなことのすべてを、今、忘れもせずに鮮やかに思い出せる。

「それを見てから、なんだか癪《しゃく》だから盗んでやろうと思ったの。ノートを盗ってせいせいしてたら、あんたは翌日探してた。だって完成してたんだもの。そりゃ焦るわよね？」

でもあんた、多田望がさ……と、結城は続けた。

「なに探してんのって訊いたら、なんでもないって、絶対言わないの。だから絶対返さないって決めたわ。ねぇあの話、多田くんに見られたくなかったんでしょう。あとになってやっと分かったの」

「結城」

俊一は思わず声を出していた。うなじがじっとりと汗ばんできている。

「あんたの小説は、どれも出すつもりも読ますつもりもない手紙みたい。たった一人にだけ宛てて書いてる。でもそれを、その人には読ませない。腹が立つわ」

突然語尾を荒げて、結城が俊一を睨んできた。その表情から花のような笑顔は消え、かわりに怒りで、結城の眼許が赤らんでいた。

「あたしを、相手がいるからと言って断ったのに、あの時付き合ってた子もいたのに、あんたは多田くんにはキスをしてた。ねぇ、本当は多田くんでヌいたりするんでしょ」

瞬間、俊一はごくりと息を飲み下した。急に吐き気がし、気持ち悪くなる。

「それとも、それさえ怖くてできない？」

「お前には関係ない」

思わず出た声は上擦り、大きかった。

「あるわ。だってあたしはあんたが好きだったのよ」

さらりと言ってのけたあと、結城の眼は急に冷めたようだった。

「あたしが小説を投稿したのは、あんたの記憶に残りたかったから」

がたん、と音たてて俊一は立ち上がった。

「お前は病んでる」

伝票を摑み、一言吐き出す。

「お互い様よ」

結城が、口の端だけで笑う。自虐的な、暗く歪んだその笑みのどこにも、西洋花のような明るさは、もう見られなかった。あるのは小暗い、彼女の闇だけだ。

「自分だけは正しい顔をして。虚構の中でしか、本音を言えない。そういうあんただって、病んでるじゃないの。『ひとさし指は誰のもの』でだって、あんたは多田くんを犯してるくせに」

結城の言葉に呼び覚まされて、幼い日の誰かの声が、俊一の耳へ返ってくる。

――この指とーまれ。

そう言って、差し出された人差し指に、わざと望の直前でとまった。望に触れるため、そして誰にも、触れさせせないために。

けれどある時、望は俊一に、男しか好きになれないのだと告白してきた――。

(バカ。お前さえ言わなきゃ、今までどおりでいられたのに)

俊一はそう思った。これまで通り一緒にいるために、そのためだけに自分を好きになるなと線引きをした。それなのに望が他の男と付き合うたびに、胸の奥になにか言葉にならない、もやもやしたものが増えて、俊一は小説を書き始めた。

俊一が書くものには、必ず優しげな少女が一人、出てくる。主人公はただ一途に、彼女だけを愛する。

その少女がどんな顔をしているのか、意識しないようにしてきた。けれどそれは、よく知っている顔ではなかったか。瞼を閉じてもつぶさに思い出せるほど、克明に刻み込まれた、優しい面輪ではなかったか……。

「したことはある」

その時なぜ口走ったのか、自分でもよく分からなかった。

「多田で、ヌいたことはあるよ」

言った瞬間結城の顔が硬直した。とたん、火がついたような羞恥《しゅうち》と憤りで、体中カッと熱く燃え上がるのを感じた。

俊一はレジに向かって大股に歩き、会計を済ませると足早に喫茶店を出た。出てから、コーヒーを、一口も飲んでいないことに気がついた。

五

——あいつって、マジにホモだって。

——オカマだろ、オカマ。気持ちわりーっ。

教室の隅で、ゲラゲラと声をあげながら望《のぞむ》を嘲笑するクラスメイトたちを、俊一《しゅんいち》は憎んでいた。でも望はいつも、仕方ないよと言って笑うだけだった。

あの頃、俊一は窓辺の席で、望は真ん中の列に座っていた。望は授業中、よく俊一のほうをじっと眺めてきた。たまにふと眼を合わせてやると、望は長い睫毛に縁取られた瞳を潤ませて、幸せそうに微笑んだものだ。そしていつも、教師によそ見を注意されてしまう。俊一は注意されたあとの望へ、無声で「バカ」と悪態づいて構ってやった。そんな構い方でさえ、望は嬉しそうだった。

眠たい午後の授業では、望はうつらうつらして机にうつぶせたまま、眠ってしまう。陽の光が優しく望の前髪を照らし、俊一は、その寝顔を眺めながら、授業と関係のない文字を、ノートに書き連ねていた。

結城衿子《ゆうきえりこ》と別れたあと、どこを歩き、どう電車に乗ったのかさえ記憶になかったが、俊一は三鷹にある実家に向かって、路線を乗り換えた。

(高校の時の卒業アルバムを、とってこよう)

とりあえず結城が本当に自分のクラスメイトだったか確かめよう、と思ったのだ。

──多田《ただ》でヌイたことはあるよ。

向かう道々ずっと、自分の放った言葉が俊一の頭の中で響き、頭痛がした。

──触ってもいい?

そう、望が訊いてきたのは、十二歳のことだ。

小さい頃から親兄弟が忙しく、大きな家の中に一人きりで過ごすことが多かった望のために、俊一が泊まりにいったことは何度もあり、その時、望の家のやたら大きな風呂に、二人で入ることも珍しくはなかった。

中学にあがったばかりの当時も、望の体はまだ小さく、俊一のそれと比べると華奢で、どこか少女めいていて、いつの頃からか俊一は望を見ていると、なぜだか妙な後ろめたさを感じるようになった。けれどその正体がなんなのか、俊一は考えようともしなかった。

『俊一のって、おれのと違う……俊一の、触ってみてもいい?』

風呂場で並んで体を洗っていた時、突然望がそう言ってきたのは、子どもらしい無邪気な好奇心だったのだろう。成長の遅い望の性器と、俊一のそれとでは大きさや形が違った。

て、慌てた。

望は面白そうに、小さな手で俊一の性器を包んだ。甘い、奇妙な痺れに俊一は腰がうずい
『お前だけずるいよ』

と言いながら、ごまかすために望のものを握り返して、刺激した。

『ひゃあっ』

と声をあげて望はのけぞり、俊一のものを放した。そこでやめておけばよかったのに、望のそれが小さく自己主張するので、俊一はなんとなくそのまま続けてしまった。

『やだっ、やめてよっ』

望が泣き出したところで、俊一はハッとなって手を止めた。とたんに、小さな子どもをいじめたような罪悪感に襲われ、俊一は動けなくなった。

『俊一のバカ、おれもう出る！』

出て行った望を追いかけて謝らないとと思いながら、俊一は自分の下半身が既に熱くなり、反応していることに気づいてぎょっとした。驚いたあと、こんなことはなにかの間違いだと無視して風呂を出たけれど、たぎりはおさまらなかった。望と布団を並べて寝ても眠れず、真夜中に起き上がった俊一は、隣でぐっすり眠っている望の顔を覗き込んだ。

窓辺から差し込む月明かりで、望の顔は青白かった。安らかな寝息が半開きの唇から漏れていて、俊一はその唇に、無意識のうちに指を乗せていた。上唇をなぞり、そっと咥内

に人差し指を差し入れると、望の寝息は幾分苦しげに変わり、俊一の指先を生ぬるい舌がかすった。

望は子どもだから、きっとさっきのことをもう忘れたのだろうと——俊一は思った。だから呑気に寝ていられるのだ。そのことにかすかな腹立ちと、そして安堵を感じながら、部屋の隅で、俊一は自慰をした。さっき風呂場で、自分に触られてまっ赤になっていた、望の顔を思い浮かべ——。

『やだ、やだ、俊一……やめて』

望の声を想像すると、俊一はすぐに達していた。

白濁を手のひらに放ったあと、体中が震えて止まらなかった。自分のしたことが汚らわしく、恐ろしく思えた。自己嫌悪と絶望感で、心がまっ黒に塗りつぶされた。同時に、それまでに得たことがないほどの快感を感じた。そしてそんな自分を、気持ち悪いと思った。

(俺が最初に、望を汚した……)

ずっと守ってきた、大切な子を、汚した。もう二度とこんなことはしない、これはたった一度の間違いなのだと決めて、俊一は中学高校と、一度も望を想像してヌいていない。

だが……。

(俺が書く女たちは、みんな想像の中で、望の顔をしている)

それは結城に指摘されるまで、俊一が眼を逸らしていた事実の一つだった。

電車に乗っている俊一は、車窓を眺めながら喉が詰まり、鼻の奥が痺れるのを感じた。泣きたいような気持ちになる。

（なんで望は、俺なんかが好きなんだ？）

それはあの時の、刷り込みじゃないのか？

十二歳の時、なにも知らなかった望を、自分が触ったからかもしれない。

あの時の自慰は間違いだった。だから俊一は、望を受け入れるつもりはない。そうでなければなんのために、篠原にまで、望を預けたのだろう。

けれど俊一の思い出は、望だらけだ。

授業中、ふと視線を合わすと、嬉しそうに微笑んできた望。その眼の中に、ただただ、ただ、愛だけが溢れていた。けれどもう、あの時に戻ることはできない。

愛されていたいのに、どうしてか、愛することは難しい。

窓から見える空はゆるやかに夕暮へと面変わりし始め、電車は橋の上に差しかかった。逆光にかすみ、橋桁の向こうはよく見えなかった。

新宿駅に降り立ち、中央線のホームに向かっていた俊一は、ふと足を止めた。構内の一隅に数名の若者が集まっていて、その中に、見知った顔があったのだ。

一緒にいた若者たちとしばらく談笑してから、彼は手を振って、一人だけ別れてこちらのほうに歩いてくる。そして顔をあげると、俊一に気がついたようだった。

「俊一。びっくりした。今、バイトの帰り？」

驚いたように立ち止まったのは望だった。

ついさっきまでの十二歳の望を汚した回想がまざまざと蘇り、俊一は気まずくなって眼を逸らしてしまう。

「さっきの、同じ専門学校の……？」

眼を背けたまま訊くと、「うん、友達」と、望が声を弾ませた。

（そうか……友達、いるんだよな）

望に普通に友達がいるなんて、高校時代からは考えられなかった。なんだかよけいに落ち着かなくなり、俊一は口をつぐんだ。

望は学校が終わって家に帰るところだという。俊一は成り行き上、望と一緒に、三鷹行きの電車に乗らないわけにはいかなかった。中央線は混むというので総武線にすると、夕方五時前の電車は空いており、望と二人並んで座ることができた。けれど少しでも肩が触れるたび、俊一はなんだか後ろめたくなる。その時窓を見ていた望が「あ」と声をたてた。

「なんだ？」

「今、梅林が見えたんだ。あ、もう見えなくなっちゃった……」

望は残念そうに言い、首を回して車窓に指をかけた。白い指が俊一の肩を軽くかすめる。ガラスに頭をつけるようにして景色を眺めている望をそっと盗み見ていたら、丸い頭のつむじのあたりに、どこでつけてきたのか小さな草の実がついていた。

「お前、なんかついてるぞ」

とってやると、それはひっつき虫だった。冬の名残の花の種子が、望の髪にからまったようで、望はくすくすと笑いだした。

「学校の芝生に寝転んだからかなあー、家に帰って植えたらなにか咲くと思う？」

そう言って、種子をハンカチに包んでいる望ののどかな様子に、気がつくと俊一も笑ってしまった。とたん、心の中にかかっていた強ばりがほぐれ、優しい気持ちになる。すると眼をあげてきた望と見つめ合う形になって、俊一はドキリと胸を鳴らした。

電車はカタタン、カタタン、と一定のリズムを刻んでいる。望が、ふっと、眼を逸らす。けれどその頬は、うっすら赤らんでいる。

やがて電車が減速し、駅のホームに滑り込んだ。

「今日ね、酒粕の肉じゃが作るから……俊一も食べていきなよ」

突然の望の誘いに俊一は一瞬迷ったが、実家にはそのあと帰ってもいい、と思った。

もう少し、一緒にいたい。

罪悪感よりその誘惑に負けて、つい「……俺は、普通の肉じゃがのほうがいい」と、言

っていた。すると望が笑って、

「だめ。だっておれの練習にならないでしょ」

と、返す。

望の家に着く頃には、辺りは夕景色に変わっていた。夕飯の支度を手伝おうとした俊一は、練習にならないからと望に追い出され、広い居間のソファの上に寝そべって、見るともなくテレビを見ていた。夕方のニュース番組は今日あった窃盗事件を伝えていた。

「物騒な世の中だねぇ」

エプロンをはずしながら、望が居間の入り口に顔を出した。手には、湯気をたてる湯呑みが二つ。緑茶を淹れてくれたらしい。出された茶を飲むと、ほのかに甘く抹茶の香りがする。望の家のものは飲み物でさえそれなりに金がかかっている。

「俊一は大学終わるの、今日は早かったの？」

「まあな……」

と言い、俊一は言葉を濁した。結城のことを思い出すとまた胸がもやもやし、俊一は眉を寄せた。望は気にしたふうもなく、ふぅんと頷くとテレビのリモコンをとっている。

「俊一これ見てる？　変えていい？」

と言って、望が子ども向けのアニメ番組にチャンネルを合わせた。とたん、画面には可愛らしいキャラクターが出てきて、鳥がさえずるようにうるさく喋りだした。

「……お前こんなの見てんの」

呆れて言うと、望が照れたように眉を寄せた。

「いいじゃん。癒《いや》されんの」

俊一は仕方なくそのアニメを一緒に見始めた。それにしても、望がこんなものを欠かさず見ていたとは知らなかった。

(知ってるようで……案外知らないかもしれないな)

さっきの友人たちにしろ、俊一はその存在さえ知らなかった。望を囲んでいた若者たちは皆、俊一より二つは年下だろうけれど、望はその中で屈託なく笑っていた。

(高校の頃は、こいつは俺しか友達なんていなかったのに……)

あんな笑顔を見せるのも、自分の前でだけだった。なのに。

(……考えてみたら、あの頃と比べてこいつの生活の中に俺はほんのちょっとしか入ってないのか)

けれど俊一にとってもそれは同じだった。これまで、会う機会が現実的に減ったとは言え、俊一はそのことに思い至ってなかった。望には望の生活があり、そのすべてを自分は知らないのだということに、俊一は気づいていなかったのだ。心のどこかで、望のことは結局なにもかも知っていると、思い込んでいる自分がいたのかもしれない。

アニメは一度一区切りし、コマーシャルになった。キャラクターものの玩具の宣伝をぼんやり見ている望に、俊一は問いかけた。

「なぁ、さっきのやつらとは仲いいのか？」

ぼうっとしていた望が、不思議そうな顔で「学校の子？」と首を傾げる。

「仲いいよ。いつも一緒にいるんだ。おれ精神年齢低いから、年下でちょうどいいみたい。でも、おれがゲイだって知らないから、ちょっと肩身狭いかな」

「言ってないのか」

俊一は驚いた。

「だって……嫌われたら怖いし」

以前なら考えられなかった。望は隠し事ができず、俊一がやめろと言ってもついつい自分の性的指向をバラしてしまっていた。

「いつかは、話せたらって思うけど……もう、高校の時みたいなのはやだから」

望は困ったように笑っている。けれどそれに、

（……許してしまうくせに）

と、俊一は思った。

許してしまうくせに。今の友達に裏切られたって、仕方ないよねと言って許してしまうくせに。そんな望に腹が立つのか、それとも悲しいのか、俊一には分からなかった。

（それとも俺は……羨ましいのかもしれない）

そんなふうに生きることは決してできないから、心のどこかでは羨ましいと思っているのかもしれない。望のその性質が正しいとはとても思えない。それなのにそんな望を、自分は捨てきれないのだから。

（捨てられたら、ラクになれるんだろうに……）

「難しい顔してるね。なにかあったの？」

ふと望が、横から覗き込んできた。黒眼がちの大きな瞳に、心配そうな色が浮かんでいる。望を捨てられたら、などと考えている俺に、なぜそんなに簡単に優しくなれるのだろうと、俊一は思った。

「お前は大貫《おおぬき》や五島《ごしま》や篠原《しのはら》さんに……腹を立てたこと、ないのか？　なんでいつもあんなやつらを、庇えるんだ？」

何気なく、俊一は訊いていた。本当に訊きたかったのは彼らのことではなく、自分のことだったかもしれない。すると普段からこの話題ではケンカになってばかりだからか、望が少しためらうような顔をした。

「怒ったりもするよ。ただ……相手の立場とか考えちゃったら、怒りきれないってだけ」

「俺には、なんでお前が相手の立場で考えるかが分からない」

思わず、突き放すような声が出る。

「それは……俊一は、おれじゃないもの」

望が、どこか悲しそうに微笑み、「俊一が正しいと思うよ」と、とりなすようにつけ足してくる。

「康平《こうへい》兄さんも言ってた。責めなきゃいけないことはあるって。だけど、おれもみんなを、そこまで嫌いじゃなかったし」

「……大貫や篠原さんや、お前のことをひどく扱った連中も、嫌いじゃないのか？」

「ちょっとだけでも、おれ、優しくしてもらったから。少しでも好きだと思った人のこと、恨まないでいたいだけ。もう、この話やめよ。ご飯食べる？」

望は口早に言うと、話題を変えてくる。

（少しでも好き？）

けれど俊一は、ますます眉を寄せた。自分にひどいことをしてきた男を、望は好きだったことがあるのか？　たとえ、ほんの少しだとしても……。

ふと俊一の中に、小学生の頃、いじめてきた相手を嫌いじゃないと言っていた、望のことがかすめた。あの時、俊一はそれなら……自分も同じじゃないかと思ったのだ。

「お前にとって、一つでも優しくされたことがあるなら、それは誰でも同じなんだな」

俊一は思わず、言っていた。胸の中が濁るようで、だんだん、眼の前の望の気持ちが分からなくなってくる。

（俺とそいつらとの違いは、なんなんだ？）

篠原や大貫、望を傷つけた連中のことも、望が少しは好きだというのなら、自分と彼らの違いはないような気さえしてくる。ただ、出会ったのが早かっただけだ。ただ最初に触れたのが、自分だったというだけだ。

「俺がもしあいつらと同じようにお前を扱ったら？　お前を強姦して、捨てたら？　それでも、許すのか？」

「……俊一は、そんなことしないでしょ」

俊一は戸惑ったように微笑んでいる、望をじっと見た。

「分からないだろ」

望の肢体は細く、薄い唇の奥で、舌だけが赤い。睫毛の下で、黒眼がちの瞳が不安そうに揺れている。誘っているのか、と思うような顔だ。たぶん望は無意識だろう。

（お前、いつも男にそういう顔をしてるの、自分じゃ知らないから――）

その時、なにか得体の知れない衝動が俊一を襲った。それは喉元までを、常にひたひたと満たしていた水のようなものが、いきなり堰《せき》を破って迫り上がってくるような感じだった。

望が次の言葉を言おうとするのを遮って、俊一は望の細い体をソファの上に押し倒し、組み敷いた。望が眼を見開く。

胸の底に、痛みが走った。

それが憐憫や同情でなかったら、なんだというのか。

だが同じくらい強く、俊一の中には暗く残酷な感情が押し寄せてくる。

「お前は俺で、ヌいたりするのか？」

――多田くんでヌいたりするんでしょ。

口にした瞬間、結城衿子の声が蘇る。望の頬が、羞恥にか怒りにか、カッと赤くなる。

とたん、たとえようのない満足感が俊一を包んだ。けれどそれは凶暴な気持ちを、激しく加速させただけだった。

気がついたら、俊一は噛みつくように、望にキスをしていた。

何人もの男に抱かれてきたくせに、汚れたことなんかないように見える望が腹立たしい。なぜ自分がこんな気持ちになっているのかも分からないまま、望の口の中を犯す。舌を吸い上げ、歯列を舐めた。シャツの裾をたくしあげて手を滑り込ませると、望の体は面白いほどびくりと跳ねた。俊一の肩を摑み、引き剝がそうと努力してくるのを、体全体を使って押し戻し、再びソファに沈める。乳首を探り当ててくにくにと刺激すると、そこは簡単に固くなる。

「ちょ、やだ、俊一……っ」

唇を離した合間に、望が途切れ途切れ、抗議した。

「なんで抵抗するんだ？　俺が、好きなんだろ」

まだおとなしくならない望に腹が立ち、俊一はまた唇を奪って、声を塞《ふさ》いだ。両方の乳首を指で挟んで捏《こ》ねる。望がくぐもった声で喘ぎ、細い体をぴくぴくと反応させている。

俊一は望の股に己の膝をさし挟み、押しつけるようにしてそこを上下に擦った。

「だめ、だめ……やだ」

涙声で望が言う声さえ、誘っているようにしか聞こえない。唇を離し、思わず「淫乱。感じてるだろ」と言うと、望が眼を見開いて震えた。

望のシャツをむしり、現れた桜色の乳首を唇に含んで舌先で刺激した。小さな突起を舌でつつくと、望がたまらなさげに声をあげる。篠原の言うとおり、望は感じやすい――。

ズボンと下着をおろし、既に勃起した性器を露わにさせると、望はまっ赤になった顔を、両手で覆《おお》った。

「やだ、俊一、みな、見ないで……」

涙声に、俊一の下腹部が熱くなる。もはや思考はなくなり、ほとんど衝動的に、俊一は望の欲望を握り締めた。

「あっ！」

望の白い胸が仰け反り、細い喉が反る。尖《とが》った乳首が震え、長い睫毛の下から涙がこぼれ落ちていた。握り締めたとたんに硬さを増したそれを、俊一は指で擦りあげた。

「ふ、あっ、あ、や、やめ、やだ……っ」

望は唇を噛んで声を抑えようとしているが、上手くいかないようで結局喘いでいる。歪められた眉、震える睫毛、まっ赤になった細い体。どれにも、嫌悪はなかった。それどころか俊一の性器は反応し、ズボンがきつくなっている。

——俺はこいつを、抱けるじゃないか。

どこかひどく冷めた部分で、そう思った。気持ち悪くなどない。

（俺はこいつを、抱くことができる。……男でも）

「やめ、あっ、だめ……っ」

望は大きく喘ぎ、嫌がりながらも俊一の指の動きに合わせて、腰を揺らし始めた。それどころか、もっと快楽を得ようと、カリの部分を俊一の指先に擦りつけてくる。ひどく淫らな姿に俊一は興奮し、

「お前、無理やりされるの、好きなんだな」

自分のものとも思えない、せせら笑うような声で言っていた。

「やだとか言いいながら、こんなに腰振って。いつもこうなんだろ？　俺じゃなくても」

言ったのは自分なのに、そうなのかと考えると急に腹が立った。自分以外の男が何人も望の体に触れたのだ。狂おしい怒りが湧いて、その男たちを皆、殺してやりたい気持ちになる。望を汚されるのが、嫌でたまらない。

（そうだ、俺はこんなことをしている俺自身も、許せない）

「ひど……、あっ、あっあっ！」

性器のくびれた部分を激しく擦ると、望は大きく体を震わせた。白濁した液体が望の性器から放たれ、細い首まで飛ぶ。望はえび反りのように背をしならせ、荒い息を吐きながらぐったりと伸びた。上気した頰を、涙が伝い落ちていく。

いつの間にか、アニメは終わっていたようだ。

能天気なエンディング・ソングが流れ、壁掛け時計が、やたら大きな音で時を刻んでいた。しばらくして、望が伏せていた眼を開け、俊一、と囁いた。その眼はまだ、涙で潤んでいる。

「……おれのこと、そんなに嫌い？」

刹那、俊一は自分の中の、凶暴な興奮がすうっと冷めていくのを感じた。

望の眼の中にあるのは、俊一を責め、軽蔑するものではなく、ただ傷つき踏みにじられたあとの、弱々しい光だった。まるで、傷を埋める方法も分からずただ途方に暮れているような。

「おれが好きだから、したわけじゃ、ないでしょ……」

俊一は口の中が、カラカラに乾いていくのを感じた。言葉が出ない。なぜ、こんなことをしたのか？

分からなかった。分からなかったが、ただこの衝動は今生まれたものではなく、長い間俊一の中に蓄積されていたものだということだけは、分かっていた。望を無理やり触りながら、自分がひどい言葉を口にしたことも、俊一は思いだす。そんな自分に、ゾッとする。

耐えきれなくなったように、望が両手で顔を覆った。

「う、うう…っ」

喉から嗚咽《おえつ》を漏らし、望がすすり泣き始めた。

「うっ、うっ、う……っ」

俊一はソファの背もたれに片腕をつき、望に覆いかぶさったまま、声もなくそれを見ていた。数秒後我に返ると、頭から血の気がひいて、全身が冷たくなった。

「多田、……多田」

喘ぐように名前を呼び、顔を覆う望の手に指先を伸ばしたが、触れた瞬間振り払われた。

望は身を起こすと、俊一から体を隠すようにして背もたれに額を押しつけ、ぐずぐずと泣き続けた。心臓が痛む。うろたえた俊一の、唇と指がぶるぶると震えていた。

（どうしよう）

と思った。

（どうしよう。どうしよう、どうしよう……）

「多田ごめん。ごめん、ごめんごめん。ほんとにごめん。こっち、向いてくれ」

望がどこかへ行くのではないかと思った。このまま一生顔を見せてくれなかったらどうしよう。もう嫌われてしまったらどうしよう。許してくれなければ、望が、許してくれなかったらどうしたらいいのか。

「違うんだ、ごめん、嫌いなんかじゃ……嫌いなんかじゃない」

(むしろ、俺は、お前が……)

けれどその先を心の中で言うのすら、俊一には恐ろしかった。それは一度でも口にすればもう二度と引き返せないほどの巨大な力でもって、自分を縛り付けるだろう。

「おれ……おれの気持ち知ってて」

しゃくりあげながら、望がくぐもった声で言う。

「こんなこと……できるのは、おれなんか、おれなんか、どうでもいいから……?」

なにか言おうとして口を開いたけれど、なにも言えなかった。俊一に背を向けている望は、全身から拒絶の空気を発している。

その時、けたたましい電子音が俊一の足元で鳴った。

鳴っているのは、望の携帯電話だ。俊一が無理にはいだズボンのポケットから、その機体が半分こぼれ落ちている。取り上げることも、望に声をかけることもできないで携帯電話を眺めていると、望が身じろぎ、しゃくりあげながらも振り向いた。

「……どいて」

かすれた声で言われ、俊一は弾かれたように体を退く。望は電話の液晶画面を見ると、訝しげな顔になった。俊一がちらっと見ると、画面には非通知と表示されている。

「もしもし？」

そして電話に出た望の顔は、すぐさま凍りついた。

「……篠原さん」

ため息のように、その名前が望の唇から漏れた。考えるより先に体が動き、俊一は望の手から携帯を奪いとっていた。

「お前！　どこでこの番号知った！」

『あれ、一緒にいたのか？』

憎たらしいまでに平静な、篠原の声が電話の向こうから聞こえてきた。

『お前が封筒を探してる間に、ちょっと携帯借りたんだよ。発信履歴に残ってたから、すぐ分かった』

俊一はハッとなった。——そういうことか、と思う。

「俺と会ったのはこのためか……ふざけんな！　もうかけてくるなよ！」

篠原は初めからこれが狙いで、俊一を事務所まで呼びつけたに違いない。わざと分かりにくい封筒を探させ、その隙に俊一の携帯電話から、望の番号を調べたのだろう。俊一は通話を切り、望に電話を返した。

「お前、非通知にはもう絶対出るなよ——」

と、俊一は口をつぐんだ。ソファに座ったまま、俊一を見上げている望の顔が、怒りのせいで赤くなり、震えているように見えたからだ。

「俊一は……篠原さんと、会ってたの？」

「いや……うちの雑誌で篠原さんを使いたいから、説得に行ってくれって頼まれて」

仕方なく、事情を説明する。

「お前電話にはもう、出るなよ。また言いくるめられて、より戻すことになったら……」

思わず注意したその時、望の眼にみるみる涙が盛り上がってきて、俊一はハッとなった。

「俊一はおれが怒らないから、なにしてもいいと、思ってるんだろ……？」

俊一は声をなくし、望を見つめた。

「篠原さんになにか言われた？　それでおれに腹が立った？　おれにひどいことしたのは、腹いせなの？　戒《いまし》めなの？　それとも試したの？」

（違う）

それは違うと、思った。なぜ望がそう考えたのか分からず、俊一は一瞬思考が止まった。けれど、なにも言えない俊一の態度を肯定と思ったのか、望が小さく笑う。

「俊一がおれのこと、好きになれないのは分かるけど……でも、おれ、別にいい。なにも望んでない、普通に、友達として付き合ってけたら……」

言ううちに、望は苦しそうに眉を寄せてうつむいた。

「好きになれないとは……言ってない」

苦し紛れに反論したとたん、望が顔を跳ね上げた。

「結婚もできない、子どももできない、周りから白い眼で見られて、自分を分かってもらう前にゲイって言葉でひとくくりにされても？　俊一にはそういうこと、我慢できないのに、そんな気休め言わないでよ」

（……気休め）

望のきつい言葉に射貫かれて、俊一は息を呑む。

「俊一はどうせ、女の人をとるよ。結婚して、家庭を持って子どもをもって年老いて……その時おれのことは、ただの思い出になる。それでもおれはいいんだから、分かってて、俊一を好きなんだから、だからもう、おれから奪わないでよ……！」

最後のほうは怒鳴り声ではなく、ただ、叫びだった。

「おれはゲイで普通じゃないけど、ただ、普通に俊一が好きなだけだよ。……俊一は、女の子に好きだって言われても、こんなひどいことする？」

不意に――頬を打たれたように思った。俊一は言葉もなく、呆然とする。

「いつもそう。いつもいつも、大貫や篠原さんや、あの人たちをおれが庇ったら、俊一は怒る。……おれは怒られないために、嘘をつかなきゃいけないの？　こういうおれが嫌いで、許せないなら、もう」

会ってくれなくていい、と望は搾《しぼ》り出《だ》すように言う。

「おれへの電話をどうして勝手に切るの。相手が篠原さんでもそれはおれが決めるんだよ。俊一がおれに触って、あんなことしたのだって……どうして、おれに決める権利はないの？　やだって、おれ、やだって言ったよね？　やだって言っても止めてくれないのは、おれが悪かった……？」

「……そんな、つもりは」

「なくたって、俊一はそう思ったんでしょ……おれが……」

男だから、と、望がかすれた声で言った。それから唇をぎゅっと嚙み、やがてふいと背を向けると、ぐちゃぐちゃのシャツを直し、床に落ちた下着とズボンをはきはじめた。

「……多田」

「ごめんね、今日はご飯、食べてってほしくない。……帰って」

背を向けたまま、振り返ってくれない望に、まだなにか言えないかと言葉を探す。

「お願い……もう、帰って」

うなだれた望の襟足の間から、細く白いうなじが覗いていた。

望に拒まれた。

俊一はショックで、突然深い深い奈落の底へ落ちていくような――そんな気さえした。

つけっぱなしだったテレビはニュース番組へと切り替わり、明日の天気を知らせるキャスターの声だけが、ばかに明るく響いていた。

六

衝動的に望《のぞむ》を犯してしまった——きっとあれは、犯したのだと思う——その日、俊一《しゅんいち》は朝まで一睡もできなかった。かといって翌日のアルバイトを休むわけにもいかず、眼の下にべったりとクマを作ったまま出社した。昼になり、俊一が会社のロビーを歩いていると、渡辺《わたなべ》に呼び止められた。

「本山《もとやま》くん、助かったよ」

満面の笑みを浮かべて駆け寄ってきた渡辺に、思いきり両手を握りしめられて、俊一は眉を寄せた。

「篠原《しのはら》先生、仕事受けてくれるって！　新堂《しんどう》先生も大喜びで、今から企画の打ち合わせ」

満面の笑みでまくしたてる渡辺の言葉を、俊一はなかなか理解できなかった。けれど理解するより早く、渡辺の後ろに、背の高い男が立つ。

「昨日は邪魔したな」

口元に薄く笑みを浮かべて言ったのは、篠原だ。俊一はハッとして、まじまじと篠原を見た。

「なあ、これ、付き合わないか？　いいだろ、渡辺さん。ちょっと俊一と行ってきても」

煙草を一本指に挟み、篠原が渡辺に打診する。渡辺は尻尾を振るような勢いで「どうぞどうぞ！」と言い、俊一の背を押してきた。

「本山くん、僕から河合《かわい》さんに言っておくから、篠原先生に付き合ったげて！」

俊一はじろりと篠原を睨みつけたが、篠原はニヒルな笑みを浮かべて、喫煙室のほうへひょいと顎をしゃくってくる。良い気分ではなかったけれど、話しておきたいこともあるので仕方なくついていった。

形のいいジャケットにセーターを着た篠原は、前より痩せてはいても、背の高さのせいかやはり見栄えは抜群にいい。

ロビーの脇に設えられたガラス張りの喫煙室に入ると、篠原は俊一に一本煙草を差しだしてきた。けれど俊一はそれを受け取らなかった。

「なんだ？　前はもらい煙草くらいしてたろ」

「……さっさと用事を済ませて、出たいんですよ」

喫煙室には篠原と俊一の他には人がいない。だから率直に言うと、篠原がくっと嗤い、煙草に火をつけた。

「昨日は望のところにいたんだな。あいつの声、かすれてた。とうとうセックスしたか？」

「あんたのこと殴りたいのを、ようやく抑えてんだ。あんまりくだらないこと言って俺を怒らせるなよ」

思わずぶっきらぼうな声を出したとたん、昨日の望を思い出し、俊一は苦い後悔に落ち込む。

「そう邪険にするなよ。お前の顔をたてて、新堂のババアを抱こうっていうんだからな」

煙草を口にくわえ、篠原が眼を細めている。

「……新堂那津子《なつこ》と、そういう関係だったんですか」

「まあ、仕事とるために昔ちょこちょことね、あのばあさんは自分の欲望に正直なんだ」

どうでもいいが一応訊くと、篠原が肩を竦めて、そう言った。

「当時は、写真を撮りたくて必死だった。お前にだって、ちょっとは分かるだろ」

分かる……分かるだろうか。書くために誰かと寝なければならないというなら、寝るだろうかと思ったが、やはり寝ないな、という気がした。

(望じゃないなら、そんなの、どうでも……)

そう考えている自分に、また嫌気がさす。結局、いつも自分は望、望だ。

「写真なんて、もう撮るつもりもなかったけどな」

その時、なにげなく付け加えてきた篠原に、俊一はカチンときた。

「あんた、プロでその道で食ってきたんだろ。なにを言うんだよ。本当に、写真が撮れなくなってもいいのか？」

終わりは、自然とキツい語調になる。篠原がそんな俊一を見て、ふっと笑った。

「お前、辛そうな顔だな。書けないのか？」

思いがけず優しい口調に、俊一は口をつぐんだ。篠原はくわえていた煙草から紫煙を吐き出すと、灰皿に押しつけてそれを消した。

いつだったか、と俊一は思い出していた。

(写真を撮る作業は埋めることだと、篠原さんは言っていた)

篠原にとって撮ることは己の足りなさを埋めていくような作業だと。俊一は自分にとって書くことは、むしろ掘り起こす作業に似ていると思っていた。

「……あんたにとっての写真は、自己満足だったのか」

(違う、これは八つ当たりだ)

篠原を責めながら、俊一は思った。書けないのも、自己満足なのも自分だ。

「俺が撮るのは愛されたいからだよ」

篠原はあさっての方向を見ながら、ぼんやりと口にした。

「写真を見たヤツらがその時だけ俺のことを認める……そのためにがむしゃらだった」

そんな話は聞いたことがなかった。俊一は思わず篠原を見た。なぜだか急に、こけた頬や痩せた肩ばかりが眼についてくる。

「撮ることは道具だった。撮らなければ愛されないなんてな、空しいだろ」

口元を歪めて笑い、篠原が「冗談だよ」と、話を濁す。

「望だけは、こんな俺でも許してくれそうに見えたんだ」

(許してもらってるよ)

ぽつりと言った篠原に、俊一は胸の中で、苦々しく思う。望はべつに、篠原を憎んではいない。

その時俊一は、望の兄の康平《こうへい》の言葉を、思い出す。ドイツからたまたま帰国していた彼と一年前に話した時、康平は、望が痛いと言えない動物のようだと言った。

『望はね、動物ならまず間違いなく、絶滅してるね』

俊一はその時、身を守ることを知らずに乱獲され、絶滅してしまった遠い南の島の、哀しいほどおどけた姿の鳥のことを、思い浮かべたりした。望は動物ではないけれど、俊一は、ドードーが滅んだのはドードーのせいだとは、誰も言わないだろうと思ったりした。卵を食べられてしまうのは、産むマンボウのせいだとも、誰も言わない。

(でも俺はあいつを、間違ってると言ってしまう。それは俺があいつを、見下してるからなのか?)

胸の奥に痛みがあった。

――なくたって、俊一はそう思ったんでしょ。おれが……男だから。

望の言葉が、耳に返ってくる。

「……とにかく、あんたに言っておきたいのは、もう望に電話するなってことだけだ」

じゃあ、と言い捨てて喫煙所を出て行くと、すぐ後ろから篠原がついてくる。

「ついてくるんじゃねえよ」

「向かうところは一緒だろ」

俊一はわざと聞こえるように舌打ちし、ボタンを押してエレベーターを呼ぶ。下りてきたエレベーターから中に乗っていた人たちが降りると、間の悪いことに乗るのは俊一と篠原二人だけだった。俊一はエレベーターに乗り込むと八階のボタンを押した。

「ありがとうな」

「あんたのためじゃない」

ぶっきらぼうに応えると、

「エレベーターのボタンのことじゃないよ」

篠原が笑った。嫌な笑いだった。八階になって、扉が開く。

「おかげさまで、あのあと望に会えたよ。約束だからな、望に会わせてくれたら仕事をする。ちゃんと守るよ」

篠原が降り、俊一が口を開くのと、渡辺が駆け寄ってくるのは同時だった。

「さ、篠原先生、こっちのブースで」

渡辺は弾んだ様子で篠原を連れて行ってしまう。

（あのあと……望が、篠原さんと、会ったのか？）

頭のてっぺんから足の爪先まで、すうっと血の気がひいていくように感じた。

同じ編集部の男が、不思議そうな顔で乗ってくる。

「降りないの？　下に行くけど」

「降ります」

俊一は言い、会釈《えしゃく》も忘れてエレベーターを降りた。


その日、俊一はイライラしながらもう一度篠原と話す機会を待ったが、忙しさに追われているうちに篠原は帰ってしまっていた。事務所にまで押しかけてやろうかとも考えたが、さすがにそこまではできない。篠原は、渡辺にとっては大事な仕事相手なのだ。

（くそ、だからって、このまま放っておけるか）

心の中で、俊一は悪態をついた。

篠原は望に会ったと言っていた。その時なにがあったか、考えるだけで落ち着かない。なにもなかったならいいが、篠原のことだ、復縁を迫ったに決まっている。

(望は……最悪、受け入れてるかもしれない)

俊一は頭を抱えたくなった。タイミングが悪すぎるとしか思えない。俊一があれだけひどいことをしたあとでなければまだしも……。

(望は、俺が嫌いになって、篠原さんに気移りしたかも、しれない……)

そう思うと、吐き気さえした。最悪の想像だった。けれどありえる。望は昔から、言い寄られると弱かったのだから。

不安が晴れず、昨日あれだけきっぱりと拒絶されたあとだから迷ったものの、出版社から出て望に電話をした。だが望は出てくれなかった。電車に乗り、新宿に出たところでもう一度かけても、すぐに留守番電話につながってしまう。

時計は夜の八時を回っていた。望も、学校の時間はとうに終わっている頃だろう。用事があって携帯電話が見られないのかもしれないと思い、俊一は結局新宿のコーヒーショップで時間をつぶした。三鷹に行くには新宿にいたほうがいい。できれば今日中に、望に会いたかった。それにまた偶然出会えるかもしれないと——そう思っている自分もいて、俊一はそんな自分の落ち着きのなさに、言い訳を探した。

(昨日のことを謝らなきゃいけないし、それに篠原さんのことが心配なんだ。ただそれだけだ)

けれど外を歩く人波の中に、望は見つからず、コーヒーショップに入ってから五度かけた電話も、一度としてつながらない。

ためらいながら、俊一はとうとうメールを打った。

『会って話がしたい。電話ください』

けれどそれから一時間経っても、返信も電話もなかった。十分おきにセンターにメールを問い合わせても、『メッセージはありません』という文字が表示されるだけ……。俊一はそのたび、落ち込んで気が急いていった。

今までどんな女の子と付き合った時も、俊一はこれほど必死になったことはない。ケンカをして相手を怒らせても、心のどこか冷めた部分で、べつにいつ別れてもいいか、と、思っていたからだ。

（あれは恋愛だったんだろうか……）

望からの連絡を待ちながら、今さらのように、俊一は思った。

これまで付き合ってきた女の子たちとは、気が合ったから、あるいは告白をされたからという理由だけで一緒にいた。長く続いた子もいたが、短い子もいた。どの子もきれいで賢く、気が強かった。彼女たちはしばらくすると大体、望を嫌いになっていたはずだ。どうしてあの人を優先するの、と言われたことが何度もある。すると俊一は一気に彼女たちへの愛情が冷めてしまい、あとはずるずると惰性《だせい》で付き合うだけだった。

そしていつも、心のどこかで、望と比べていた。

——望ならこんなふうに言わない。望ならこんな顔をしない……と。

それは誰にも、一度も、漏らしたことのない俊一の秘密だった。

五杯目のコーヒーを飲み干したあと、俊一の焦燥感はぐったりとした疲労と諦めに変わり始めた。終電の迫る店内には人気も少なくなり、俊一は店員の冷たい視線に負けて、会計をすませて外へ出た。

（……直接会いに、行ってみようか）

すると昨日、背を向けて「帰って」と俊一を拒絶した望のことが思い出される。

強引に会いに行って、もっと嫌われたら……。

嫌われるのが怖くて、やはりそれもできない。

夜更けの新宿は三月も間近なのに突き刺すように寒く、俊一はコートの襟をかきあわせて、駅への道をのろのろと歩いた。歌舞伎町の中は相変わらず派手なネオンが賑やかで、平日の夜だというのにまだ人通りが多かった。

コートのポケットに突っ込んだ手に、携帯電話が触れている。鳴らないか——と、往生際悪く、何度も俊一はそれを気にした。それでも電話は、ぴくりとも動かない。

（……いつものケンカじゃ、ないんだな）

ようやく、俊一は気がついた。

いつもなら俊一が電話をすれば、望はとってくれただろう。嬉しそうな声で、電話をし

てくれてありがとうと、言ってくる。いや、むしろもっと以前、一年前までの望なら……。

(あいつは自分から俺のところに来て、泣きながら言うんだ。……ごめんねって、嫌いにならないでって……俺が、悪かった時でさえ)

俊一は急に歩けなくなった。足が動かない。

——嫌わないで。

俊一が怒るたび、望の眼の中にいつもまたたいていたあの、感情。

嫌わないで、俊一。おれを好きになって。……せめて、嫌わないで。

俊一は長い間、それを気にもとめなかった。いや、気にしないフリをしていた。それに応えられないから、気づかない顔をしていた。

(俺は……冷たかった)

いつも、望はどんな気持ちで、そんな感情を浮かべていたのだろう?

男しか好きになれないと告白してきた夜からずっと、望は俊一の軽蔑を恐れて必死に見えた。

望が離れていかないと、けして離れていくわけがないと、高をくくってきた。けれど今、初めて俊一は、望に嫌われたかもしれないと思った。思うと、それは体中が壊れてしまいそうなほど痛い。こんな、自分の存在価値そのものが左右されてしまいそうな気持ちを、望は何度、何度、何度、俊一に対して味わってきたのだろう?

(俺を好きにならないなら、いいって、俺は言った……)

十六歳の春の日、俊一は望に、俺を好きにならないなら軽蔑しない、離れない、と言った。そんなひどいことを言って、ひどい扱いをしてきたけれど、望は俊一を好きでいてくれた。好きでいてくれたのは、許してくれていたからではないかと、ふと思う。

——おれが悪かった？

昨日、泣きながら訊いてきた望の言葉の意味が、なぜか急に分かった。多くの男たちが望を傷つけたように、自分もまた、望を傷つけたのだ。

そうしても——望は、許してくれる。許してくれるから、傷つけても大丈夫。

勝手に、そんなふうに思った。それが暴力でないなら、なにが暴力だろう。

(あいつを傷つけたロクデナシと、俺は変わらない……)

自分が一番嫌ってきた人種と——同じことをしてしまった。

その事実に愕然《がくぜん》とし、俊一はもう、動くこともできなくなった。

「あー、お客さん、発見！」

その時突然後ろから抱きつかれ、俊一は我に返った。見ると、そこには相変わらずど派手なはっぴを着た五島《ごしま》がいた。

「なっ、今日こそうちで飲んでいけよ。可愛い子つけてあげるからさ～」

五島に媚びられ、俊一はうろんな眼をしたものの、いつもほど腹は立っていなかった。

五島の能天気さと下世話さに、物思いから無理やり、現実に引き戻された気がする。

「なぁ、頼むよ。このとおりっ、今日客の入りが悪くてさ。安くするよ！」

いつもなら、すげなく立ち去る場面だ。けれどどうしてか、俊一は行く気になった。もう少し、望をここで待つ言い訳にもなるような……そんな気がしたからかもしれない。

「……ほんとに安くしろよ」

そう言うと、驚いていたのは、俊一よりもむしろ五島のほうだった。


俊一はそこからすぐ近くの、ビル地下にあるキャバクラに連れて行かれた。

薄暗い照明の店内に通されてすぐ、五島が中のボーイになにか耳打ちをして外へ戻ってしまったので、俊一は一人おとなしく案内された席に座り、女の子が来るのを待った。

キャバクラに入ったのは、これが初めてのことではない。物書きになるならいろんなところを知らなくちゃダメ、と言う渡辺に、強引に連れて行かれたことが二三度ある。歳のせいなのか性格か、俊一にはさして面白くない場所だった。こんな日でもなければ、一人で入ったりはしなかっただろう。

「こんばんは～、はじめましてぇ、マリでーす」

やがて白いワンピースを着たキャバクラ嬢が、明るい声で挨拶《あいさつ》しながら隣に座ってきた。

顔をあげた俊一は、思わず硬直した。それは眼の前のマリというキャバクラ嬢も同じようだった。

「結城《ゆうき》……」

ボディラインを強調するようなワンピースを着、派手な化粧をして雰囲気を変えているが、それはたしかに結城衿子《えりこ》だった。結城は眼を丸めて、「ああ、最悪」と呟いたが、そのあとは開き直ったように普段の喋り方になった。

「とりあえずビールでいいでしょ？」

さっと手をあげてボーイを呼び、今度は「マリ」の喋り方で注文する。

「おビール一本とぉ、ナッツお願いしまーす」

ボーイがいなくなると、結城は「最初のビールはあたしのおごりね」と悪戯《いたずら》を思いついた子どものように囁いてきた。

「だからあたしと知り合いって内緒よ」

深刻ぶるわけでもなく、ほとんどからかうような調子だ。ボーイがビールを運んでくると、慣れた手つきで酌をしてくれた。乾杯の時も、自然な仕草で俊一のグラスの下に自分のグラスの口をぶつけた。それはこういう仕事をする女たちにとって、最も基本となるマナーの一つで、

「長そうだな、この仕事」

と、相手が落ち着いているので俊一も開き直って訊くと、結城が軽く肩を竦めた。

「仕事としてはね。この店でもう五軒め。でももう、ここも四ヵ月めだから、そろそろ潮時かな……」

「短い周期でやめてるのか？　それじゃ指名が安定しないだろ」

指名なんていらないわ、と結城が言った。

「水商売する女は計算高いか、情にもろいか、なんて言ってね、あたしはどちらかというと情にもろいの。だから、客に情が移る前に消えてしまうの。ね？　あたしとあんたって、よく似てるでしょ？」

逃げてるところが？

と、俊一は思ったが言わなかった。

「そんなことより意外。あんたもこんな店来んのね。本命がいるくせに、まだ女に逃げる気なの？」

「うるさいな」

「あら、図星かしら」

俊一は黙ることにした。コートをボーイに預けた時にポケットから取り出した携帯電話は、テーブルの上に置いてある。何度も盗み見たが、やはり電話は鳴る気配もない。

店内にはムーディな洋楽が流れ、オレンジやピンクの鈍い光の中に、いくつもの半円状のソファとテーブルが見えた。あまり混んでいないようだ。一人で来ている客は俊一のほかには一組だけで、あとはどれも二人か三人だった。複数客のところには女の子も多く、時々歓声めいた甲高い声があがる。

「ねぇ、あたしのこと、出版社の人に言ってないのね」

不意に、結城が声を落として訊いてきた。いつもには似合わずおとなしげな表情だ。

「すぐにお叱りの電話があると思ってたのに、まだなにもないもの」

「……ああ」

俊一は驚いた。ここ一日のうちに、そんなことはすっかり忘れていた自分に気づいたせいだった。かわりに俊一が考えていたのは、ずっと望のことだった。望を押し倒し、犯したことばかり、もう許してもらえないかもしれないということばかりだった。

「あの小説を投稿したのはね」

その時、小さな声で結城が言った。

「あんたの記憶に残りたかったからって言ったでしょ。……でもほんとはただ、ずっとあの小説を盗んだことが、気がかりだったの。あれはあたしに宛てたものじゃないもの」

その態度がややしおらしげに見えて、俊一は驚いた。

「……ね、あんた高校の時から、ずいぶんたくさんの女の子と付き合ってたじゃない。どの子が一番好きだった？　どうして、多田《ただ》くんとは付き合わなかったの？」

責めるわけでもない、ごく普通の会話の延長のように、訊かれる。

「……お前さ、なんでマンボウの卵のことなんか、訊いたの」

それには答えず、俊一は両手のひらのなかでグラスを揺らしながら、質問しかえした。

「最初に訊いたろう。なぜマンボウは卵を産むと思うかって。俺の答え聞いたら、きっとそう言うだろうと思ったって、言ってたよな」

「あれは、高校の時、多田くんが答えたから。『食べられるため』って」

あたし思いもしなかったのよねぇ、と言って、結城がグラスに口をつけた。

「ちょっと嫉妬したの。そんなこと素で答えられちゃうなんて、この子は一体どれだけバカなんだろうとか、でもきっと、ああいう多田くんだからあんたはキスしてあげるのかもと思って……負けたような気になった」

自分のグラスを置くと、結城は口の端で自嘲するように笑っている。

「あたし、高校の時は自分が大嫌いだったわ。多田くんの噂を初めて聞いた時、あたしよりみじめな人間がいるって、安心したの」

望は高校では、同性愛者だと言われて周りから遠ざけられていたので、結城はそのことを言っているのだろう。

「でも、あの子はあたしの好きだったあんたに一番大事にされてた。……羨ましかった」

「……そう見えたのか？」

違うと思う？　と言って、結城が華やかに微笑んだ。それはやっぱり、大輪の花のように美しかった。

「あんたはいつも、多田くんばっかり見てたじゃないの……」

（知るか）

と、俊一は思った。けれどそのあとで、いや、知っている、と思う。結城の顔を見ているのがなんだか気まずくなり、眼を逸らす。

「でも正直言うと、半分侮ってたのよ。あんたの小説、どうせ最終まで残らないって。だから残らなかったら、声はかけないつもりだった」

「あのタイトルだけはお前がつけたんだろ」

『ぼうや、もっと鏡みて』という、タイトルだ。あれはどういう意味があるのか。

「あんたがぼうやよ」

結城がニタニタと揶揄《やゆ》するような顔で言ったので、俊一は眉を寄せた。

「もっと鏡をみなきゃ。じゃなきゃ愛には気づけない……」

――愛に気づかない。

けれど言ったあとで、結城はグラスの縁に唇を押し当て、独りごちるように付け加えた。

「嘘。本当は、あんたはもう気づいてるのよ。ただ、鏡を見ないだけ」

よく分からないフリをしてその話を聞き流しながら、俊一は考えた。

（もっと鏡を見ろ、ね……）

もっと、自分の中を？

ついさっき、今までどの子が一番好きだった？　と、結城は訊いてきた。

俊一の記憶の中には夏の午後、眠たい教室の中で、自分のほうをじっと見つめてくる望のことが浮かんでくる。教師によそ見を注意されたあと、俊一のほうをこっそり見て、俊一が「バーカ」と構ってやれば、嬉しそうに眼を細めた……望。

あの頃の自分が、どんなふうに結城に映っていたかは知らない。だが思う。もしも愛という感情を、自分が知っていたとしたら、それはあんな何気ない瞬間に、俊一の中へ浮かんできた感情、だったのかもしれない。俊一に気づいてもらえたことを、ただ喜んでいる望を見ていた、あの時。小さな子どもが親から頭を撫でてもらいたがるのと同じ素直さで、望は俊一に愛情を求め、そして注いでくれた。いつも。とても、長い間――。

（俺はあいつの、あの一番腹の立つところに……許すところに、本当は一番、救われてたのかも、しれない……）

望の俊一への愛はいつも、同じようには愛し返せない俊一のずるさを許すところから始まっていたように、俊一には思えた。

「前にいたお店のママが……犬を飼ってたのね。それで言うの。大事にしてあげなきゃいけない。痛いって言えないんだからって……痛いって言えないから、大事にしなくちゃいけないって」

酔った結城が、まどろむような口調で呟いている。

テーブルの上の携帯電話は、まだちっとも鳴らなかった。


誰かが自分を呼んでいる。

——俊一。

あれは、望の声だ。黄昏時の空に、橙色に染まった雲がたなびいている。煙たい匂いがうっすらと漂うそこは、秋半ばの校舎の裏だ。制服を着た望が、自分の隣を歩いていた。

互いに、空になったゴミ箱を抱えている。これはきっと、高校時代の記憶だろう。

『俊一。今日、一緒に帰れる？』

望が頬を染めて訊いてくる。小犬のように首を傾げる顔が、可愛い。素直に向けられる愛情が、胸に温かい。けれど、重たい……。その気持ちに、応えられない罪悪感を感じるからだ。

『今日は彼女と帰るから、無理』

だから逃げるようにそう言ったとたん、しゅんとする望を見て、胸が痛んでしまう。

——仕方ないだろ。

そう、俊一は思っている。

お前を選んだら、もう他の誰も選べないんだから……。

銀杏の木の下で、俊一はわざと止まった。不思議そうに顔をあげた望に、「また明日な」と言って、軽くキスをしてやる。キスの時、望の長い睫毛が頬をくすぐった。

離れると、望は顔を赤らめて微笑んでいた。幸せでたまらない。俊一が好き。望の体いっぱいから、そんな言葉が聞こえてきて、それが俊一の胸を甘酸っぱく締めつけていく。

ずっとそうしていればいい。

——ずっと、俺だけ好きでいればいい。俺よりいい男なんかと、付き合わなきゃいい。ロクデナシばっかり集まってきて、お前は泣いて俺にすがればいい。俺だけしか、お前にはいない。お前は俺だけ、好きならいい……。

この身勝手なエゴは、愛なのだろうか？

——望。こんなエゴばかりの俺を知っても、お前は俺を、好きなままか？


眼が覚めると、俊一は自分の部屋にいた。白々とした晩冬の陽が、半開きになったカーテンの隙間からこぼれている。鈍く痛む頭を押さえてのろのろと体をもたげると、ぷんと酒の臭いがして思わず顔をしかめた。見ると、ほとんど昨日の格好のままベッドに寝ていたらしい。

（……やべ。何時だよ）

きょろきょろと部屋を見渡すと、ベッドのすぐ横の床に、携帯電話が投げられていた。手にとって時間を見ると、とっくに正午を回っている。

（着信はない、か）

一日経っても望からの連絡はなかったのだと気づき、俊一は思わずため息を漏らした。そしてふと、床に脱ぎ捨てられた白いワンピースに気がついて、眼を瞠った。

「起きたの？」

風呂場から、バスタオルを体に巻いただけの結城衿子が出てきたので、俊一は自分の下半身を見てしまった。が、服はちゃんと着ている。

「ご心配なく。なんにもないわよ。あんたもシャワー浴びたら。酒臭いから」

起きぬけでなにがなにやら分かっていない俊一に、結城は昨夜二人で飲み過ぎて、そのまま一緒にタクシーに乗り込み、結城も酔っていたのでそのまま泊まったのだと教えてくれる。思い出そうとしても、俊一にはほとんど記憶がない。支払額を訊くのが怖くなったが、とりあえず風呂場に向かった。

熱い湯を頭から浴びて出ると、結城は髪を乾かし終えて先ほどの格好のまま壁にかかった鏡を覗いていた。俊一は素肌にスウェットの上下を着ただけで、テーブルの上に放り投げていた携帯電話をとる。いい加減往生際が悪いと思いながら、それでも気になってメールをチェックしてしまう。けれどセンターに問い合わせても、望からのメールはないようだった。

「昨日から携帯ばっかり」

ふと背中から声がしたと思ったら、生温かい、柔らかなものが俊一の背中に押しつけられた。結城が俊一の背に抱きついているのだ。

「誘ってんのか」

眉をひそめて、俊一は訊いた。結城は悪戯っぽく「だとしたらどうする？」と訊いてくる。だとしたら——俊一は、背中にあたる結城の女っぽい体を感じ取ってみた。男なのだから、興奮さえすればセックスはできる。けれど、頭の隅にちらりと望の顔がよぎったとたん、気持ちが白けていく。

（……は、末期だな）

俊一は自分で、自分がおかしかった。今まで散々、男を抱くことに抵抗を抱いてきたくせに、今の自分は望を思うだけで、女を抱く気にもなれないのか。

「ふん。自分のこと好きでもない男と寝られるほど、あたし、すれてないわよ」

俊一の反応を見た結城が、わりとあっさりと離れてくれ、それに内心ホッとした。

ちょうどその時、玄関のベルが鳴った。

扉を開けると、立っていたのは望だった。気まずそうに俊一を見上げ、望はすぐにうつむいてしまう。俊一は息が止まるような気がした。

「ごめん、急に来て……あの、会って話したいってあったから……」

「あ、それで、来てくれたのか？」

自分でも思いがけず、声が上擦る。

「連絡……返さなくてごめんね。いろいろ、どうしていいか考えこんでて……あの、入ってもいい？」

上目遣いに訊かれ、俊一は一瞬思考が止まった。今入られると、結城がいる。

「いや、ちょっと、今は……」

俊一が口ごもると、望が玄関先の靴をちらりと見た。俊一もつられて見ると、無造作に投げ出された結城のハイヒールが転がっていた。しまった、と思った。そして以前、同じような状況で望を責めたのを思い出す。あの時望の部屋にいたのは五島だったが、望もそれを思い出したのか、悲しそうに顔を歪めている。

「多田、あのな」

「ごめん、邪魔したね」

早口に言うと、望はぷいとそっぽを向いて駆け出していった。

「多田！　ちょっと待て！」

俊一は慌ててサンダルをひっかけ、望の後を追った。三月間近とはいえまだ寒い中を、薄いスウェットを着ただけ、それも湿った洗い髪のままで外に出るのは無謀だったが、そんなことは気にもならなかった。望の背中に追いつくと、細い腕を引っ張って引き留める。するとと振り返った望は、涙ぐんでいた。

「な、なんで泣くんだ」

俊一はうろたえた。望が顔を背け、手の甲で目尻を拭う。

「なんでもない」

「……な、なんでもなくて、泣かないだろ?」

「ただ……俊一は、気にしてないんだと思って」

望が言って、うつむいた。

「俺は一日中考えてた。どうしたらいいか分からなくて悩んでたのに、俊一は、彼女と一緒だったんだと思ったら、悲しくなって……」

「彼女じゃない」

俊一は慌てて弁解した。けれどそれは裏目に出たようで、望の眼が、また傷ついたように揺らめいた。

「彼女じゃない子でも、いいんだ。そう……だよね、女の子ってだけで俺よりはずっと」

違う、と俊一は急いで否定した。

「そんなこと言ってないだろ。あの子はそういう子じゃなくて……とにかく、彼女なんてもう長い間いないんだ。お前には言ってなかったけど……」

「……いなかったの？　彼女」

顔をあげた望が、びっくりしたように俊一を見てくる。それから、そっか、と独り合点するように呟いた。

「……知らなかった。言ってくれないんだもん」

ぽつりと言う顔が淋しげで、どこか傷ついたように見えて、俊一はますます焦った。額に冷たい汗が浮かび、身を乗り出すようにして「いや、違うんだ」と言葉を継ぐ。

「その、報告するのもおかしいだろ。わざわざ話したら、お前に、気を持たせて期待させるみたいで、だから……」

違う。これじゃまるで、自分が望の好意に困っているかのようだ。

けれど望はため息をつき、諦めたように小さく笑った。

「──期待なんて、もうしてないよ」

期待していない。とうに知っていたそのことを、本人からはっきり言われると、どうしてか突き放されたような気持ちになり、俊一は言葉を失った。

（それは、ないだろ……俺だって、昨日は一日、お前のこと、気にしてたよ。電話も、何回もしたんだし）

そんな気持ちが、ふつふつと胸の奥から湧いてくる。

（いつも、俺からお前に会いたいって言うじゃないか。それだって、お前は同情だって決めつけて……）

言えない言葉がもやもやと胸の中を巡り、気がつくと、俊一は舌を打っていた。それに望が、びくりと震える。どうしてこうなのだろう。上手く伝えられないことが、苛立たしい。ただ謝りたかっただけなのに、期待してないなんて言われてしまうと、素直に言葉が出てこない。

「……篠原さんから電話きたんだろ。会ったんだよな？」

なにから言っていいか分からず、とりあえず今確かめておきたいことを訊く。すると望がどうしてか、眉間にしわを寄せる。

「……会ってないよ」

望は否定した。

けれど俊一は咄嗟にその言葉を疑い、眉を寄せた。

「でも、電話はあったんだろ？」

「あったけど、会ってないよ。会わないって言ったし……」

「でも、お前の電話番号知られてるんだぞ。篠原さんはお前に会ったって言ってたし。なにかされたんじゃないのか？」

「……会ってないって、言ってるだろ！」

刹那《せつな》、望が弾かれたように叫んだ。それから、苛立たしげに息を吐く。

「おれのこと、本当に信じられないんだね……」

声を震わせてうつむいた望に、俊一は黙りこむ。

「何度も言ってるのに。おれが好きなのは俊一だって……篠原さんよりおれを信じてよ。それに、どうして最初にごめんが出ないの？　それとも、おれにしたことは悪くないの？」

俊一は息を呑んだ。

「そんなことは……」

けれどそのあとに続けるべき言葉が出てこない。自分でも、自分が焦っているのを感じていた。

「……どうしてあんなことしたの？」

その時望が、どこか責めるようにじっと俊一を見つめてきた。

──言って。俊一、言って。と、望の眼が伝えてくる。俊一は言葉につまり、口ごもった。

言いたい言葉が、溢れそうで溢れない。言葉になりそうでならない。苦しくて胸がつぶれそうだった。数秒間の沈黙が、ひどく長く感じる。

今、自分が言えばいい。たった一言を言えばいいと思うのに、その言葉が出ない。

やがて望が諦めたように、「おれって、バカだな」と、呟いた。

「……おれ、俊一を困らせてるんだね。好きなだけでいい、なんて……結局俊一のそばにいたら、俊一はおれを放っておけないし。おれも、会おうって言われたら、嬉しくて」

(俺はお前のために、会いたいって言ってきたわけじゃない)

「男のおれからあんまり好かれても、気持ち良くないだろうし」

「……そんなこと、言ってない。気持ち悪いなんて、言ったことねえだろ」

反論すると、溜めていたものが体の中に膨れ上がってくる。

「いつ俺が、お前のこと気持ち悪いなんて言ったんだよ」

「言わなくても思ってるよ」

望は退いてくれず、俊一はだんだん苛立ってきた。

(たしかに俺だって、お前を信じてないところ、あるけど)

けれど望だって、もう少し俊一の気持ちを信じてくれてもいいはずだ。

「俊一は優しいから、おれを捨てられないんだから……」

小さな声で決めつけてくる望に、悪気はないのだろう。けれど俊一は、体の芯がすうっと冷えていくような気がした。優しいから捨てられなかった？　俊一の中で張り詰めていた糸が一本、ぷつんと切れる。

(優しいだけで、こんなに一緒にいられると思うのか？)

けれど俊一がなにか言う前に、望がパッと顔をあげて明るく笑った。

「おれね、三月に卒業したら、福岡に行くことにしたんだ」

言われた意味が分からず、俊一は眼をしばたたく。

「ほら、前に話した代田《だいだ》先生って人が、今度福岡に新しいお店を作るから、行ってみないかって……。給料安いけど、立ち上げから全部見れるって。いい機会だから、ついてくことにしたんだ」

聞いていても、俊一にはやっぱり意味が分からない。望は、なにを言っているのだろう？

「卒業式が来週あって、それでそのあとすぐ……その足で行くんだ。いつまであっちにいるかは、分かんない。とりあえず一年の約束だけど、あっちで落ち着いちゃったら戻ってこないし……。やっぱりこっちで働きたいと思ったら、戻るかもしれない」

望は笑っている。けれど大きな眼は潤み、今にも泣き出しそうだった。

「もう……会えなくなるかもしれない。俊一は、おれと離れても、平気だよね……？」

とたんに足元から地面が崩れ、どこか深い穴の中に落ちていくような、そんな気さえした。眼の前の望が遠のいていき、手の届かない場所にいるような、そんな錯覚すら感じた。

もう二人が会えない道を、どうして望が選んだのか。俊一にはわけが分からなかった。

（平気って……今さら訊くのかよ）

──俺になにも言わずに、勝手に決めたくせに？

（俺が、平気だと思って行くんだろうが……お前は、お前こそ、平気なんだな）

けれどその言葉は出なかった。

「……べつに」

かわりに出た声はどこか遠く、自分の声じゃないみたいだと、俊一は思った。

「……いいんじゃないか。お互い、相手に煩わされることも、なくなる……もうお前は、俺がいなくても平気なんだろうし」

そこまで言って、俊一は言葉を止めた。望の眼から、音もなく、滝のように涙がこぼれ落ちてきたからだ。だがなぜ望が泣くのか、俊一には理解できなかった。泣きたいのは、自分のほうだと思った。

（捨てられるのは、俺のほうじゃないか……）

「手紙……住所決まったら、一通だけ。書いていい？」

「必要ねぇよ」

言い放ち、俊一は踵を返した。これ以上望を見ていられない。見ていたら泣いてしまう気がして、怖かった。望が背中のほうで、しゃくりあげる。

「一通だけ……返事は要らないから」

俊一はもう聞こえないふりをした。さよなら、と望の言う声が聞こえたけれど、それこ

そ、訊きたくはなかった。

『……おれね、俊一が、大好き』

子どもの頃に何度も聞いた、望の優しい声。ふと振り返るたび、深い愛情に満ちた眼で、俊一を見つめていた望の、優しい顔。長い間それは俊一だけのものだったし、これからもずっとそうだと、心のどこかで思い込んでいた。けれど望は、一人で俊一のもとを去ると決めてしまった。

立ち去りながら、それは自分のせいだと俊一は思った。

今さら、後悔だけが俊一の胸に満ちてくる。

望が自分に愛を求めていた時に、すぐに受け入れていたなら、今こんなふうに別れることもなかっただろう。

眠たい午後の授業中、俊一を見つめてきたあの時の望に、いつだって笑い返したらよかった。同じだけの愛情で、望を愛し返せたら、今も一緒にいられたのに。

七

一週間後、望《のぞむ》は呆気なく東京を去っていった。

その日俊一《しゅんいち》はアルバイトに入っていた。作業をしながら、時々顔をあげて眺める窓の外は晴れ渡り、絶好の卒業式日和だった。都内の片隅で小さな専門学校が行うのだろう卒業のお祭り騒ぎを瞼の裏に想像しながら、ジェット機が空を通過するたびに、まだ間に合う、まだ間に合う、と俊一は思っていた。

今立てば、今、立って向かえば……もしかしたら、望を引き留められるかもしれない。けれどそう思いながら、結局卒業式にも、空港にも行かなかった。——行けなかった。行ったところでどうにもならないという思いが、鬱々と俊一の中にあった。

（あいつは俺と、もう会えないと分かってて、それでも行くんだぞ……）

翌々日、望から届いた手紙には、福岡の消印が押されていた。

望は短い手紙に、新しい住居や店の人たちのこと、福岡の印象などを書いてよこした。けれど俊一は、返事を出せなかった。便せんを買って、返事を綴ろうかとも思ったが、望のことを思うと様々な感情が渦を巻くようにごちゃごちゃと溢れ、上手い言葉が浮かばない。結局文房具店に足を運んだところで、レジまで便せんを持って行くことすらできず に、やめてしまう。そんなことを何度も繰り返した。

そして望はそれきり手紙もメールも送ってこなかったし、電話もかけてこなかった。

いつしか、毎朝東京の天気と一緒に福岡の天気をチェックすることが、俊一の癖になってしまった。そしてただ毎日大学へ行き、アルバイトをこなした。小説は一文も書けない。普段あまりしないミスも、ずいぶんした。人の話を聞いているようで聞いていないことが多く、食欲も落ちた。なにを食べても砂を噛むように味気ない。夜もなんとなく寝つけず、何度も寝返りを打っているうちにやがて朝になってしまう。それでもそれに、腹も立たないくらいだった。気がつくと三月も終わりかけ、俊一は望の誕生日の日、デパートで見かけた淡色のシャツを一枚、買っていた。ラッピングまでしてもらったが、やっぱり送ることもできずに、桜が葉桜に変わる頃、包装を解いて中のシャツを取りだした。

望が着たら似合うだろうと想像し、自分には小さすぎるサイズのシャツの胸に、そっと手を押し当ててぼんやりとしたりした。夜になると延々、望のことを思い出してしまう。頭から振り払っても振り払っても、最後に泣いていた顔が浮かんできて、俊一は落ち込んだ。

(俺が悪かったのか……?)

闇夜のベッドで、俊一は望の手紙を膝に置いて見つめ、そう、問いかけることが増えた。

いや、悪かったのだろう。

あれだけ傷つけ、泣かせたのだ。やめてと言われたのに望の体に触れて、ひどいことを言った。望はそれを俊一の八つ当たりだと思って、遠くに行ってしまったに違いない。

(もっと優しく、抱けばよかったんだ)

けれど、そんなことができればここまでこじれたりしなかっただろう。そして一方では、これでよかったような気もしていた。

自分はどうせ、望を選ぶつもりがなかった。それなのに望を傷つける。こんな身勝手な男など、望は見切りをつけてよかったのだ。ただ残された自分は、この先どう生きればいいのかと、俊一は思った。

(望が間違っていて、俺が正しかったんだとは……もう、思えない)

望を失った自分の胸の中には、大きな穴がぽっかりと空いてしまった。俊一は生まれて初めて、淋しいという感情を、はっきりと味わっていた。その孤独感はどんな時でも、たとえ笑っている時でさえ、いつも俊一の脳裏にこびりついて離れない。心から楽しいとか、嬉しいと感じることはもう二度とない気がした。

(俺は、正しいか正しくないかでばかり、考える)

でもそれだけでは、俊一の今の気持ちは割りきれない。望を失ったことは正しい選択の結果なのだから、いいのだとは——思えない。

自分はいつも理性的な分析ばかりして、本当の気持ちを、見ないようにしているだけ。

望を失って一ヵ月が過ぎる頃、俊一はそんなふうに思い始めていた。


「俊一、これやりなおし」

河合《かわい》は原稿の束を投げるようにして、俊一のデスクに置いた。

「ダメよ、こんなん載せられないわ。せっかく埋め原回してやってんだから、プロはだしのもん書く勢いで書きなさいよ。校正とかの段階じゃない。全部書きなおし」

アンケートの記事をまとめていた俊一は、いじっていたマウスをおいて河合が投げ出した原稿を持ち上げた。

「すいません……」

小さく謝ると、頭上で、河合が大きくため息をついた。

「ちょっと付き合いなさいよ」

河合は俊一を、自販機コーナーに誘ってきた。

「あんたねぇ、その辛気臭さどうにかしたら」

俊一にコーヒーを奢ると、コーナーの片隅にある喫煙所で、河合が煙草に火をつける。

「ぼんやりしちゃって……そんなになるなら、望くんのこと追いかけたらいいじゃない」

河合は、望が福岡に発ったことを知っている。どんな別れ方をしたかまでは伝えていなかったが、勘のいい彼女は、俊一の様子を見てなんとなく感づいているらしかった。

「素直になりなさいよ。どうせ、百年もしないうちにあたしもあんたも望くんも死ぬのよ。現世の常識に縛られてたって、いいことないわよ。たまには感情のまま動いてみたっていいじゃない。あんたは格好つけすぎなのよ」

口から煙を吐き出し、河合が肩を竦めた。

「いえ……でも、これでよかったんです。俺は、あいつを選べないんで」

いつもなら、そんなことでは落ち込んでいないと逃げられる。けれどもうそんな気力もなく、俊一はぼそぼそと弁解した。

「は？　なんで選べないなんて決めつけてんのよ」

「俺じゃ、傷つけますから……」

——篠原《しのはら》や大貫《おおぬき》と変わらない。自分も望を傷つけるし、望には相応《ふさわ》しくない……と、俊一は思うようになっていた。そう言うと、河合は一瞬ぽかんとしたようだ。

「あんたって……望くんが、本当に大事なのね」

どこか感心したように言ったあと、河合はどうしてか、どこか哀れむような声になった。

「あんた、望くんを傷つけて、辛い思いしたことがあるの？」

俊一は黙り込んだ。なぜだかわけもなく、十二歳の時望を汚した——自慰の記憶が、蘇ってきた。あれは許せない、間違ったことだと怒っている自分の中の自分の声も。

「二人で社内デートですかぁ」

と、渡辺《わたなべ》がやって来て、俊一の横に並んだ。

「なに油売ってんのよ、渡辺」

河合に言われ、渡辺が怒らないで下さいよ、と笑った。俊一はふと、気になっていたことを訊いた。

「渡辺さん。『かじか』の文芸賞の若い候補。あれ、どうなりました」

「あ、『ぼうや、もっと鏡みて』？　印象には残るんだけどね、ちょっとキレが足りないからって最終予選で落ちたよ。結局入選作は今年もなくて、佳作と奨励賞ばっかさ」

渡辺は淋しそうにため息をついたが、俊一はやっぱりか、と思った。推敲《すいこう》もしていない作品では、落ちて当然だ。最終まで残ったこと自体、奇跡だと俊一は思った。だが同時に、かすかな落胆もあった。

（結城《ゆうき》は落ちたこと、知ってるかな……）

結城衿子《えりこ》とは、あれ以来一度も顔を合わせていない。望を追いかけ、彼女を放り出して部屋を出たあの日、戻ってくると結城の姿はなく、かわりに居間のテーブルの上には、『さようなら！』と走り書きされた紙片が乗っかっていた。

「本山《もとやま》くんだってぼうっとしてないで、なんか書いてよ。期待してるんだから」

渡辺が軽く言うのへ、俊一は乾いた笑いで応えるしかなかった。

（俺はもう、書けないのかもしれないな……）

なんとなく、俊一はそう思った。もう、書く意味もない気がした。望は遠くに行ってしまったのだ。

「そういえば、来週から篠原先生西日本入りするんだ。企画も通ったし、新堂《しんどう》先生も乗り気だ。おかげで『ロウマ』は廃刊の窮地を免れそうだよ」

渡辺は人のよい笑みを浮かべ、「本山くんのおかげだ」と付け足してくる。正直、感謝される覚えはなかった。篠原が引き受けたのは俊一が頼みに行ったからではなく、俊一の携帯から望の電話番号を拾えたからだろう。

会わせてくれたから、と篠原は言っていたが、実際のところはなにがあったのか俊一は知らない。望は最後に会ったあの日、会っていないと言うだけだった。俊一はそれを信じることができず、望を追い詰めた。考えてみれば、自分のそういう望への決めつけが、いつも望を傷つけていたのかもしれない。それは俊一の傲慢さだったろうけれど、それでもまた同じことが起きたら、やっぱり、望が篠原と会っていないか心配してしまうだろうとも、俊一は思う。

「それで頼みがあるんだけど、今日篠原先生から電話があってね。最後に本山くんに会って渡したいものがあるから、来てもらえないかって。うちからは二つ返事でオーケーしちゃったんだけど……行ってくれないかなあ？」

渡辺は無邪気に言い、河合が肩を竦めた。

「行ってきなさいよ。こっちはいいから」

吸い終えた煙草を灰皿に投げ入れ、彼女は俊一の背中をぽん、と叩いてくる。

「まだ片付けてないことが、あるんでしょ？」


結局、俊一は仕方なく、篠原の事務所に向かった。

事務所に入ると、篠原は事務机の上でカメラを手入れしているところだ。横には大きなカバンが置いてあり、荷物をつめている様子だった。事務所の中は整理され、閑散として物がずいぶん減っていたが、以前のように埃まみれではない。

「このたびはどうも」

俊一は、デパートの地下で買った菓子折りを無造作に篠原へ突き出した。

「渡辺に買って行けと言われたんだろ」

ニヤニヤと言う篠原は、前より少し肉付きがよくなっていた。と、俊一の持ってきた菓子折りを開けた篠原が、一瞬眼を瞠《みは》った。それはまだ仲違いする以前、篠原が好きだと話していた和菓子で、俊一はなんとなく覚えていて、やはりなんとなく選んで買ってきた。深い意味などなかったけれど、篠原は俊一の方を見るとちょっと笑って、それから、

「茶くらい飲んで行けよ」

と、声をかけてきた。茶を出されたあと、すぐに篠原から大きな封筒を渡された。中を開けて、俊一はハッと息を呑む。それは——何枚もの望の写真だったのだ。

付き合っていた短い期間に撮ったものらしい。篠原の自宅で、望が勉強をしていたり、食事を作ったりしている。少し困ったように笑っているか、篠原のカメラにまるで気づいていない素の表情をしているか。寝ているところを撮ったものもあった。

（望……）

会いたいと、自然にそう思った。胸が震え、感情的になるのを抑えるために、俊一は写真をすぐにしまい込んだ。写真のことなど、俊一にはよく分からない。よく分からないけれど、この写真からは胸を温かくするものが、ほのかに伝わってくる。

——それは、愛のようなものに、見える。

どうしてか今、そう思う自分がいる。そのことに、俊一は少し戸惑った。

「俺はもう要らないから、やるよ。本人に渡してくれてもいいし、お前が持っててもいいぞ。なかなかよく、撮れてるだろ？」

「……多田のこと、ようやく諦めたんですか？」

訊くと、篠原が小さく笑った。

「さすがにな。あいつには、こないだ電話した時あっさり言われたよ。恨んでないし憎んでない。だけど二度と会わないし、電話もしないってさ。……それから、こんなことしても幸せになれないってな。まいったよ」

篠原はからからと笑った。それが虚勢か、心からの笑いなのかは、俊一にもよく分からなかった。

「篠原さんは……本当に多田を好きだったんですか？」

ずっと気になっていたことを、俊一は初めて口にした。篠原の眼差しに、かすかな自嘲の色が浮かんだ。

「一年前はな。今は——そうでもない。ただ単に、気に入らなかっただけだ、お前がね」

俊一は黙り込み、じっと篠原を見つめ返した。

「俺だって、お前とはそれなりの付き合いだったんだ。結構可愛がってやったのに、お前はあっさり、幼馴染みのほうをとった。俺の言い分なんて最初から聞かなかった。それが、面白くなかった」

それは予想していた答えとは違っていた。俊一は思わず眼を瞠って篠原を見、篠原がそれにしたり顔で笑った。

「まあ、殴ってる現場を見たんじゃな……。そもそもお前は初めから、望だけが大事だったんだろ」

俊一はうつむき、黙り込んだ。

なにを言えばいいのか分からなかった。視界に見える篠原の膝の上に、春の陽射しがやわやわとあたっている。

（俺はこの人に、ひどいことをしたのかもしれない……）

望を殴っていた篠原を、かわいそうだと思ったことは一度もなかった。二人の関係に望が入り込む前の、あの信頼を取り戻せないかと思ったことも、一度もなかった。

俊一は初めから迷いもなく望を選び、篠原を許す気持ちなど微塵《みじん》もなかった。望に比べたら、篠原など惜しくもないと思っていた自分がいた。そのことを、篠原は言ったのだ。

「まあ、俺はさ。昔からああだったんだ、付き合うヤツはみんな殴ったし、悪いと思ったこともない。でも最初はずっと女だった。男を初めて抱いたのは、大学の時だよ。ちょうど、今のお前と同じ年だ」

聞かせるというよりは呟くように言って、篠原が膝の上に肘をついた。俊一は篠原の真意をはかりたくて顔をあげた。

「それまでは自分にそんな趣味があるとは考えたこともなかったな。そいつはゲイで、それを隠してた。でもそうと知ったら、どうしてか抑えられなくなって、無理矢理抱いたよ。それからはずっと脅して関係を持った。俺はノーマルなのに、お前のせいで道を外したってな。絶対に逃げられないと思っていたのに、卒業したらそいつは呆気なくトンズラしてて、いくら探しても見つからなかった」

篠原はその時のことを思い出すように、眼を細めて遠くを見ている。

「何年も関係しといて、一度も好きだと言わなかった。好きだったのにな。ものすごく好きだったのにだよ。……あとになったら、それが……少し残ったな」

望は、そいつに少し似てたんだ……と、篠原がつけ足す。

「西に行ったら、俺はしばらく帰らない。新堂のばばあに飼ってもらうつもりだよ。あいつなら、殴られたくらいじゃ俺を捨てないだろうからな。——なぁ、俺は変わらないよ。やっぱり本質は、腐ったままだ」

望なら、こんな時「そんなことない」と言えるかもしれない。おためごかしでもなんでもなく、心からそう思って。けれど俊一には、そんなふうには言えなかった。

「お前は、殴らなくても愛せるんだろう。俺と違って、愛されたくて生きてるわけでもない。なら……一緒にいたい人間を、簡単に離したりするんじゃないよ」

「今さら……お説教ですか」

かきまわしたのはあんただと、俊一が言外に非難すると、篠原は苦笑した。しばらくの沈黙のあと、それでも、と篠原は付け足してきた。

「それでも、可愛いと思ってたんだ。お前のことも、望のことも、その時は本気だった」

ふと身を乗り出してきた篠原に、俊一はじっと見つめられた。

「お前は普通にいくと、女をとる人間だよ。だからちゃんと選べよ。望なのか、女たちなのか」

口の端だけで微笑み、「もう答えは、本当は出てるんだろうけどな」と篠原が呟く。俊一はドキリとして、息を呑んだ。篠原はもう一度笑い、

「なぁ俺は、お前のことも好きだったんだぞ」

と、言った。穏やかな眼差しは、夏の空のように明るく、よどみがない。こんな一面があるから、自分もこの人が好きだったのだということを、俊一は久しぶりに思い出した。


篠原の事務所を出て電車に乗り込むと、出入り口の車窓からは雲ひとつない青空が見えた。電車のつり革には、福岡旅行の広告が下がっていて、俊一はそれを見るとやっぱり、望を思い出してしまう。

（……今朝のテレビで、東京は晴れてるが、福岡は雨だって言ってたな。あいつ、どうしてるんだろう）

一人で暮らして、淋しがっていないか。仕事は上手くやれてるか。風邪などひいていないか。もしかして、誰か好きな人ができただろうか……？

人気のない午後の電車の中で、俊一はとりとめもなく、そんなことを考える。

(優しいからな、望は)

と、一緒にいる時には一度だって本人に言ってやらなかったことを、思ったりする。

そう、俊一は望のことを、バカでお人好しの淋しがりだと思う以上に——優しい、いい子だと、思ってもいた。

(なんで、言ってやらなかったんだろう。……望は、優しいし、可愛い。一緒にいるとなんでも、許してもらえて)

それがどれだけ心地よく、どれだけ優しい気持ちになれるか、俊一はよく知っている。いつもなにか嫌なことがあると、俊一は望に会いたくなった。望の体いっぱいから溢れてくる愛情に触れたら、ささくれだった心が癒された。どんな時でも、望のその愛情が俊一の気持ちを満たしてくれた……。

(今ごろ、俺よりずっといい相手が、みつかっていたりするんだろうか)

一年以上前、入院していた病院で望が言ってくれたことを俊一は思い出す。

『おれはずっと俊一が一番好き』

(ずっと……って、今もか? でもそれなら、俺を置いて行くだろうか)

——お前は普通にいくと、女をとる人間だよ。だからちゃんと選べよ。

篠原に言われたことが耳に返る。

普通か、と俊一は思った。このまま望のことを忘れて、小説を書くのもやめたら、きっと自分も普通の人生を歩めるのだろう。

(普通に就職して、そのうち結婚して子どもも持つかもしれない。その頃には望とのことは全部、思い出になる……)

思い出だ。なにもかも過ぎ去ってしまい、取り戻すことのできない、消えた日々になる。

俊一は時々、今みたいに望を思い出すに違いない。

望が福岡からくれた、たった一通の手紙のこと。別れた日に、泣いていた望。実家まで訪れて、門扉ごしにキスをした夜。杵築大社まで一緒に行かせてと、小さな声でせがまれた……。

校舎の裏手、銀杏の木の下で二人こっそりとキスをした。川べりの道を、一緒に歩いて帰った、子どもの頃。

そして初めて話しかけた時、すがるように俊一の小指を握ってきた、小さな、望の手のひらのことを。

――その時、人生できっと初めて、心に感じた誰かへの愛を。

(……あれ?)

電車の扉口に立っていた俊一はふと、車窓に映る自分の顔を見つめた。昼下がりの街並みが見えるその窓に、うっすらと反映した自分の眼から、涙がこぼれ落ちていた。

まるで俊一でさえ知らない気持ちを、代弁するかのように。

『好きだよ、俊一』

耳の奥に返ってくる、優しい声。

瞼の裏に蘇る、望の笑顔。春の陽のように温かく、愛を浮かべてくる瞳。

望からの愛情を感じるたびいつも、その愛を重たいと思いながら、同じだけ自分も、望を愛していなかっただろうか……?

出会った時からずっと、望を愛していなかっただろうか?

ほんの小さな頃、そっと指を握りしめてきた望に最初に感じたもの。

可愛いと思い、守ってやりたいと思った。そのとたん、体中に力が湧いてくるような気がした。望のために、なんでもしてやれる気がした。

あれは、あれこそが、愛ではなかったのだろうか?

俊一の眼からは、どっと涙が溢れだした。車窓に額を押しつけ、慌てて我慢しようとしても、止まらなかった。涙は頬を伝い、頤からこぼれて俊一の足下にぱたぱたと跳ねる。

好きだよ。

——望、俺もお前が好きだよ。

その言葉が、心の奥から湯水のように溢れてきて、俊一は気がついた。いや、本当はずっと昔から、とっくに気がついていた。ただ、背を向けて見ないようにしていただけ。

（俺は望が好きなだけだった。傷つけたのはただの嫉妬だ。お前を信じてないいんじゃない。俺はただ、好きなだけ……）

好きだから不安になり、愚かなことをした。傷つけたいと思った。望が俊一を好きだから、他の男を好きになろうとしたように、自分もただ好きだから、間違い続けてきたのではないか？

大貫たちと一緒くたにされるたび、俺が一番お前を大事にしているのだと独占欲がうずいた。望を支配していたい。望の一番のままでいたい。その欲望は恐ろしいほど、俊一の奥深くに根付いていた。どうして好きなのに、そんな凶暴な気持ちになれたのだろう？けれどそれも、好きだからこそだったのだと、今ならば分かる。

ただ望が自分を好きなことを確かめたくて傷つけ、傷ついたところを見て安堵し、そんな自分を嫌悪する。

小さな頃、最初に望に抱いた気持ちは、ただ守ってあげたいというものだ。俊一の中にずっと言い続ける五歳の自分が、今でも、望を傷つけることを許さない。望を愛するということが、俊一にとってはただ怖かった。激しすぎる独占欲で、望を傷つけてしまいそうで。だから、俊一は望を、愛さないようにしたのかもしれない。そうやって望の愛を拒むことで、誰よりも望を傷つけていると知りながら。

男の望を選び、『普通』の道を外れることも、自分の中にある薄暗い欲望を望にぶつけ、望を傷つけることも、そして一度選んだら、もう望しか愛せなくなるだろうことも、俊一は怖かった。溺《おぼ》れるほどの愛で、自分は望を縛りつけるだろう。だから愛さないようにした。自分の中にいる、五歳の自分のただ一つの不文律が、それを許してくれなかった。

望を――守っていたかったのだ。たとえ望がもう、俊一の手を必要としなくなっていたとしても。

けれどその恐怖や義務感と、愛することはまるでべつなのだと、俊一は気づいた。恐れていても、間違っていても、見下しながらも、愛することを、やめることはできない。

(そうだ俺は……いつも小説の中で、望を愛した。……俺はあいつを、本当は愛したくて、書いていたんだ)

篠原の写真のように、愛されるためではなく、愛するために。

小説の中だけでもいい、望を受け入れたかった。望を愛し、幸せにしてやりたかった。恐怖や傲慢さの影で、自分がどれほど深く望を愛し、望だけを求めているのか、俊一は今になって理解した。けれどその愛は、五歳の頃の自分の愛と、それほど違うものだろうか？

(……いや、同じだ。同じ。俺は今も、あいつを守っていたい。……本当は傷つけるより、幸せにしたい)

それなのにその愛ゆえに、間違いを犯す。それでも愛は、俊一の中にある。

(俺が許せなかったのは、望じゃなくて……)

望を傷つけ、そして愛そうとする自分を——長い間、許せなかったのではないかと、俊一は思った。そういう生き方を選ぶことを、自分で自分に、許してこなかった。

車窓からは、うららかな昼下がりの陽光が射し込んでいる。俊一は閉じた瞼の向こうに、明るい光の気配を感じていた。

眼を開ければどんな景色が広がっているのか、まだ少し怖い。けれど春の陽は、体いっぱいに俊一を包み、温めてくれている……。俺は俺を、許せるかもしれない、と、俊一は思った。そう思いながら、俊一はもうしばらくは眼を閉じたままで、一人、泣き続けていた。


「あ、本山くん。ちょっといい?」

泣いた顔が目立たなくなるまで駅で時間をつぶし、会社に戻ると、俊一はすぐ渡辺に声をかけられ、打ち合わせブースへ連れて行かれた。なんだろうと思っていると、ブースにはなぜだか河合も待っていた。

「河合さんまでそろって、なんですか?」

篠原のことなら、今行ってきたばかりなのにと思っていると、三人席についたところで、渡辺に、分厚い紙の束を渡された。ダブルクリップでとめられた紙束の一枚目には『ぼうや、もっと鏡みて』と印字されており、俊一はドキリとして渡辺を見返した。

「……実はさっき、投稿者の人から『盗作なので』って電話があってね。聞いたんだ。これ、本山くんが書いたものだってね」

「……すいません、黙ってて」

頭を下げると、渡辺は逆に恐縮したようだった。

「いや、責めたくて呼んだんじゃないんだよ。なんか事情もあったんでしょ？　これさ……いい話だと思うんだ。ちゃんと直して、うちから出してみない？」

俊一は驚いて顔をあげた。十八歳の頃、俊一が授業の合間に望を見ながら――書いていた話を？　まさかと思ったが、渡辺の横に座っていた河合も、「いいと思うわ」と頷く。

「文章や構成は稚拙《ちせつ》だけど、面白かったわ。しっかり書けば、出せると思う」

「こんなえらそうなこと言ってるけど、河合さんこれ読んで泣いてたんだよ」

茶化された河合が、渡辺の後頭部をぽかりと叩いた。

「……はは、でも、僕もじんとしたよ。これね……純愛というのかなあ」

そう言って、渡辺が原稿をめくる。

その話の主人公は高校生。同じクラスの少女が行方不明になった晩から、夢の中に少女が出てきて自分の居場所を教えてくれる。主人公はクラスメイトの男の子と二人で、少女を探す旅に出るのだが、夢の中で少女の言うことは二転三転し、主人公は夢と現《うつつ》の境をさまよいながら、ただ彼女に会いたいがためだけに旅を続ける……そういう話だ。

「主人公のこの、ヒロインへの気持ちがね……純粋でいいよね」

「愛情探しの旅よね。大人も読めるジュブナイルっていうか」

やってみなさいよ、と、河合が言った。

「書いて、ダメならダメでいいじゃない。あんたもこの小説の子と同じ、きっとずっと、旅したまんまなんだわ」

——書けない手紙の返事のかわりに。

ふと、俊一は思った。望への返事に、この小説を書いてみようか。

いつか結城に言われたような、出す気も読ませる気もない手紙ではなく、出すための、読んでもらうための手紙を——今度は自分のためではなく、望に宛てて。そうしたら、望に会いに行く理由ができるかもしれない、と、その時、俊一は素直に思うことができた。

(今はまだ、傷つけるだけの俺でも)

愛するためにもう一度書くことができたなら、望に読んでもらうために、この話が書けたなら、会いに行けるかもしれない。

そんな気持ちに突き動かされ、俊一は、河合と渡辺に「よろしくお願いします」と頭を下げていた。

その日の晩から俊一は、多分生まれて初めて、誰かに読んでもらうために小説を書き始めた。

結城が勝手に『ぼうや、もっと鏡みて』とつけたこの小説を手慰みに書いた当時は意識していなかったけれど、今回は、ヒロインにはっきりと望を重ねることにした。

話を破綻させないように気をつけながらも、望のことを想いながら書く間、俊一はひどく集中した。そしてそのうち、俊一の夢の中にも望が出てくるようになった。

——おれはここにいるよ。探しにきて。

望が言うので、俊一は一晩中夢の中で望を探す。けれど見つからず、会いたくて会いたくて、涙がこぼれた。

(……俺を許してくれ。お願いだから)

そう言っている日もあった。

(お前に会いたい……望)

それから、季節は瞬く間に過ぎていった。

いつの間にやらつつじも終わり、梅雨の季節が近づいた。

その間に『ロウマ』では新堂那津子《なつこ》の随想が特集され、西日本の湿潤な緑を撮った写真が紙面を飾った。その月の『ロウマ』は売れ行き上々で、お昼のワイドショーの三十秒ニュースで、ちらりと取りざたされたりもした。

大学で結城衿子を見かけることはほとんどなかった。もともと学部が違う。一度生協の前で見かけたが、結城は友人たちと笑いさざめいて通り過ぎ、眼も合わせなかった。一度実家に帰り、卒業アルバムを確認したら、確かに同じクラスのページに結城の顔写真があった。ストレートの長い髪をたらした、おとなしそうな少女で、結局彼女のことは思い出せず、ほんの少し罪悪感を感じた。

大貫の姿は図書館で時々見かけた。大貫はいつも一人で勉強していたが、五月に入る頃には、小柄な女の子と連れ立っているのをよく見かけるようになった。女の子の顔は笑うと、どことなく望に似ている。彼女を見る大貫の眼差しは柔らかく、俊一は安堵した。ある時から俊一は、大貫を見かけるたびに、思うようになっていたからかもしれない。

(……俺がお前だったかもしれないよ、大貫)

そんなふうに。

(俺もお前と同じで望を傷つけたし、愛することに……臆病だ)

自分もただの、間違う人間なのだと、俊一は初めて知ったのだった。

望からは、一度も連絡がなかった。俊一も結局、なに一つ動けなかった。

それでも手紙のかわりのように、ただ小説を書き続けた。

そうして俊一が原稿を完成させたのは、六月も下旬の折だった。

七月の上旬になって、終末期医療の取材に同行しないかと河合が持ちかけてきたのに、俊一は二つ返事で乗った。

「ターミナルケアってあたしもあまり詳しくないんだけどね。今日取材する弓川《ゆみかわ》先生って、日本の終末期医療の草分けなのよ」

道々、取材相手のプロフィールを河合が喋ってくれた。インタビュアーは河合で、俊一は写真を撮ることになっており、肩から重いカメラバッグをさげていた。写真は小さいものを一枚だけなので、今回はカメラマンを頼んでいないのだ。

終末期医療はガンの末期患者など、既に死が決まっている人たちをケアする医療のことだ。死の道を歩む人々に、よりよい死を迎えてもらえるように手伝うためのもので、今度出る『かじか』のミニページにその記事を載せるらしい。

河合はふと話を変え、

「八月にはあんたの本が出るじゃない。望くんに送ってあげなきゃね」

と、弾んだ声で言ってくれる。河合は、俊一の作品を世に出せることがとても嬉しいらしい。俊一はそれに、小さく笑い返した。

本が出ることが決まってからずっと、俊一はいつ望に会いに行こうかと迷っていた。会いたいのだが、上手い言い訳がない。八月になれば本が出るのでその時でもいいけれど、まだあと一ヵ月半もあると思うと、もう待てない気もした。かといって、きっかけがないと性格上なかなか能動的になれない。それに、やっぱりまだ直接会うのが怖かった。

インタビューは弓川の自宅で行われた。ごく普通の古い民家だった。

門のところで俊一と河合を迎えた弓川は、七十を過ぎているとは思えないほど元気が良く、若々しい人だった。独特の雰囲気があり、いるだけで部屋の空気が一段明るくなる。

「この世界の実に多くの人間が、自分の恐怖から逃れるために生きています。そうして、自分の本当にしたいことを避けてしまう」

そう話す弓川の言葉に、俊一はドキリとして、写真を撮っていた手を止めた。河合が深く頷き、訊く。

「どうしたら、恐れを取り払って、自分の本当にしたいことを知れますか？」

弓川はその問いに、おかしそうに笑った。

「明日死ぬかもしれないと考えて、自分の心に向き合えば、おのずと分かるはずですよ」

それは簡潔で、けれど大切な問いだった。

弓川の家を出ると、夏の太陽が青々と茂った緑に眩しく照り返していた。大きな蝉の声、アスファルトから上がってくる地熱と陽炎《かげろう》、そしてじっとりと汗ばむ体にさえ、旺盛な生命力を感じる。世界は生きていて、美しい。そして自分もまだ、生きている。自分の、愛する人も。それはものすごい奇跡のように、俊一には感じられてきた。

「河合さん」

駅まで歩く道すがら、俊一は自然と、河合に話しかけていた。それは考えた結果ではなく、衝動に、突き動かされたゆえだったと思う。

「俺、今から多田に会いに行ってきます」

言葉というのは、すごい。言ったとたん、俊一は眼の前にかかっていたもやが晴れ、体の隅々にまで、力が漲《みなぎ》っていくような気がした。

(俺はなにを怖がっていたんだろう?)

男だからとか、望を汚した過去だとか、会いに行く理由がないとか、そういったすべてのことが、突然ちっぽけでどうでもいいことのように思えてきた。そんなことに囚われていた自分がバカらしい。

(もし明日死ぬなら、望に会いたい)

恐れもなにもかも取り払ったら、それしか残らなかった。

河合は微笑むと、俊一のほうに手を伸ばして、肩からカメラバッグを取ってくれた。

「もう今日は、バイトあがっていいわよ。明日、休みだったでしょ?」

俊一はここ数ヵ月で初めて満面の笑みを浮かべ、河合に頭を下げると、駅に向かって走り出していた。


その晩俊一は飛行機に飛び乗り、夜九時には福岡に着いていた。

いざ福岡まで来たら怖じ気づくかもしれない、と思ったが、案外そんなことはなかった。もうすぐ望に会えると思ったとたん、俊一は自分でもどうしていいか分からないほど胸が高鳴り、気持ちがはやって怖じ気づく暇もなかった。

手探りで地下鉄に乗り、駅員に聞きながら赤坂という駅で下車する。地上に出てからは、暗記していた手紙の住所を頼りに、コンビニの店員や道を歩く人々に聞きながら望のアパートを探し当てた。

どちらかというと家族用の高層マンションが多い街中で、道路沿いに建つ望のアパートは小ぢんまりとした三階建てだった。その最上階の隅っこの部屋に望がいるのだと思うと、俊一の心臓はどきどきと脈打ったが、窓には明かりがなく、インターホンを押しても誰も出てこない。腕時計は夜十時を回っていた。

(仕事って、何時までやってんだろうな……)

飲食店の仕事は遅いことが多いから、もしかすると今日中には会えないかもしれない。迷った末、ドアの前で待つことにした。確実に会うのには、それが一番だと考えたのだ。

（本当にこの家で合ってるだろうな……）

これで間違っていたら笑うに笑えない。

会いたい。

会って、なにを言うかなど決めていなかった。弓川に、明日死んで後悔することと言われた瞬間、望に会いに行かなかったこと、と思った。それだけで、ここに来たのだ。

アパートの横手を通る大きな通りは、夜更けだというのに大型のトラックが何台も通り抜けて騒々しかった。その向こうには港が広がり、黒々とした水面が鏡のように岸辺の明かりを映している。都会だが、東京とは違う。港の向こうに広がる海は一面闇になっていた。

不意に小さな物音がして、俊一は望かと振り返った。

けれど階段をあがってきたのは、見知らぬ女だ。不審げに俊一のほうを見ると、二部屋隣のドアに消えてしまう。中から鍵の閉まる音が響き、また静かになった。俊一はため息をつき、ドアに寄りかかった。

ふとその時、

「あの、どちらさまでしょう……」

控えめな声がかけられて、俊一は振り向いた。

いつの間にそこにいたのか、青い照明の下に、人影があった。ほっそりした体と、柔らかそうな髪。優しげな顔――立っていたのは、望だった。

「……俊一」

ため息のような声が望の唇から漏れて、俊一は我に返った。望は俊一の名前を口にして初めて、俊一がいることに気付いたのか、今さらのように肩を揺らしていた。

不意に俊一の胸の奥から、なにか熱いものがこみあげてきた。

今すぐ、抱きしめたい。

それは――今までに感じたことがないほどの、激しい感情だった。

ただの劣情でもなければ、傲慢で身勝手な恋情でもなく、こみあげた瞬間、泉のように俊一の胸の中を潤し、温かな気持ちにしてくれるもの。

もし望の心に隙間があるのなら、そのすべてを自分で埋めてやりたい気持ち……寒いなら温め、泣いているなら涙を拭ってやりたい気持ち。未来永劫、どんな時も、このたった一人の、望の生活そのものに自分が関わっていたいという、気持ち。傷つけるためではなく、望が、笑っていられるために……。

満ち潮のように胸に溢れるこの、形のない感情に自分でさえ驚き、打たれて、俊一は立ち尽くしてしまう。

「あ、えっと、と、とりあえず……部屋に、入る？」

黙っていたら、望がそっと、伺うように訊いてきた。俊一もそれで我に返り、ようやく頷くことができた。


一分後、俊一と望は殺風景な部屋のなかで向かい合って座っていた。

望の新居だというその部屋には、あまり物はないようだ。

パイプ式の安いベッドと、折畳式の小さな卓、おもちゃのようなテレビ。白いカラーボックスが二つあり、本がきれいに並べられている。物がないながらに殺風景かというとそうでもなく、壁に写真が飾られていたり、小さな観葉植物が置いてあったり、以前望が一人暮らししていた部屋とは違って、なんとなく温かみが感じられる。

「ごめんね、こんなものしかなくて……」

と言って、望は作り置きらしい麦茶を出してくれた。開けた部屋の窓から風が吹きこんできて、窓辺の風鈴を鳴らす。東京と比べるとかなり涼しかった。

「いや、俺も、土産も持たずに……」

なんだか、しどろもどろとした口調になってしまう。かたわらに盆を片付けた望も、所在無さげにうつむいている。

なにから言えばいいのか、どう伝えるべきか、俊一は迷った。やがて、望がちらりと俊一の眼を見た。困ったような顔だ。まるでなにも期待すまいとしているような、そんな顔だった。刹那、俊一は

「言い間違いを訂正しに来たんだ」

と、口走っていた。

「……え?」

望はわけが分からないというように、ぽかんとしている。

「離れるのは、ちっとも平気じゃないと言い直しに来たんだ」

俊一は身を乗り出し、一息に言った。言った瞬間、喉の奥に詰まっていたものがころりと落ちたような気がした。緊張していた気持ちが緩み、肩の強ばりが解けるのと同時に、恥ずかしさのせいか興奮のせいか、体が熱くなるのを感じた。

「……え?」

望は、まだぽかんと口を開けたまま、間抜けな声を出している。

「お前と離れるのは平気なんかじゃない。身がちぎれそうだと、言いにきたんだよ」

今度は、一言一言区切るように言った。

望はそれでもまだ、きょとんとしていた。

「分かるか? 俺は、お前といたいって、言ってるんだ。同情とかじゃない。俺がお前に

会いたいし、俺が……」

俊一はそこまで言って、言葉を止めた。望の眼にみるみる涙が盛り上がり、ぽろっとこぼれ落ちたからだ。

「うわっ」

自分の涙に気づいた望が、慌ててそれを拭おうとした。

「あれ、うわ、なんだろ、ごめ……」

泣かないでほしい。

ただその衝動に、俊一は動かされていた。望の手首をそっと摑み、空いた手で小さなテーブルを押しのけた。湯呑がカタン、と音たてて揺れたが、気づきもしなかった。信じられないものを見るように自分のほうを見上げている望の目尻を、俊一はそっと拭ってやった。

「多田……多田望」

そうしてそっと、呼びかけた。名前を呼んだ瞬間、熱くたぎるような激情が、俊一の胸を焦がした。それは愛しさと、そして少しの独占欲。——凶暴さと紙一重の、強い愛着。

見つめると、望の瞳は俊一だけを見返してくる。

刹那、俊一の中に切ない気持ちと安堵が、広がっていく。望の眼は変わっていなかった。

これまでの長い間そうだったように、瞳の中に溢れているのは、ただ深い愛情だ。おれを好きになってと、訴えてくる眼。それ以上にただ、俊一を好きだと、伝えてくれる眼――そしてその眼は、もうとっくに、俊一を許してくれている。

「望」

俊一はたまらず、望を抱きしめていた。

他の誰かに向けられるのを見るたびにあれほど嫉妬してきた望の許す性質に、俊一ははった今、自分が救われていた。腕の中にすっぽりとおさまってくる、細い体。かすかに石けんの香りがするうなじに鼻先を埋め、俊一はもっときつく望を抱き竦める。

すると数ヵ月の間、俊一の胸から片時も離れなかった孤独が、すうっと消えていった。

「……俊一」

その時望が、ようやくかすれた声を出した。

体をそっと引き離して覗き込むと、望は困惑したように震えていた。

「……あの、今言ったのはほんと？　俊一は、おれを、おれのこと、もしかしたら……」

なかなかその先を言わない望が可愛く、そして少し、悲しかった。俊一は望の額に自分のそれを合わせて、囁いた。

「そう。俺はお前を、好きなんだよ」

望の唇から、ため息のように「嘘……」という声が、漏れた。

「言えよ。触ってもいい？　……って」

望が再び涙をこぼしている。顔を歪ませ、力なく首を振っている。

「おれ、男だよ」

「知ってる」

「きっと、きっと、気の迷いだよ」

「違う」

「おれ、赤ちゃん産めないし、お嫁さんにもなれないし、女の人みたいに柔らかい体じゃないし……」

「それがなんだよ」

俊一は焦れて、眉をつりあげた。

「俺はお前を選んだんだよ。お前をとるの。男で、柔らかくない多田望をとるんだよ」

望は顎を震わせている。なにかを怖がるように眼をつむる。

「言えよ」

俊一は、強く低く言った。望はうっすらと眼を開け、喉を震わせた。やがてその唇から、かすれるように聞こえてきた。

「……触っても……い」

みなまで聞かず、俊一は動いた。

小さな唇に、自分のそれを被せ、その場にゆっくりと望を押し倒した。そうしながら、細い体に腕が食い込むほど強く抱きしめた。

「だ、だめ」

思わずのように押しのけてくる望の手に、自分の手を重ねて俊一は押さえ込む。

「この期に及んでなにが駄目なんだ」

「俊一が、ホモになっちゃう……」

望は子どものように泣いていた。その最後の砦を、俊一は突き崩した。

「そんなの、もうとっくになってるよ」

もしかすると、望がそうなるよりも前。望の指に触れたくて、わざと遅れて鬼決めの指にとまっていた──あの頃から。

「観念しろ」

耳元で囁いたら、望が耳までまっ赤に染めた。俊一は、再び唇を奪った。腕の中の体が、反応するようにぴくりと動く。貪るように唇を吸い上げ、舌を使って愛撫した。

「……んっ」

息継ぎの合間にもれた望の声に、俊一の下半身は瞬く間に熱くなる。キスをしながら、柔らかな髪に指を梳《す》きいれて、あやすように望の頭を撫でた。するとようやく、望はためらいがちに、俊一の首に腕を回してきた──。

「望……」

望が自分を受け入れようとしてくれていると思うと、俊一の中に喜びが突き上げてくる。その細い腕の、肘の裏に口づけると、望が体を震わせて、恥ずかしそうに眼を伏せた。

「おれ、おれは知らないから……もうどうなったって、知らないから……」

俊一は望の腕を撫でながら、その顔を見下ろした。たった今口づけていた唇は唾液に濡れて光り、眼は甘く潤んでいる。

「いいよ、知らなくて……」

感情を溜めるコップがあるなら、想いはそこに満ちてなお溢れ出し、体から、眼から口から言葉から、とめようもなくこぼれているはずだった。それも、嵐のような勢いで、望だけに向かって。

「俺が全部、するから」

こんな甘い声が出せるのかと自分でも思うほど、優しい声音で俊一は言った。


俊一は望を抱き上げてベッドへ運んだ。自分の着ていたTシャツを剝ぎ取るように脱ぎ、望の服も、下着だけ残して脱がせてしまう。そのまま押し倒し、白い裸体をじっと見つめると、望が赤い顔で困ったような声を出す。

「あ、あんまり、見ないで。お、男の裸だし、な、萎えちゃうかもよ」

「いや、全然。むしろ興奮してる」

それは本当だった。薄い胸の上に色づく小さな乳首も、股の間で淡く勃ちあがって下着を持ち上げている性器にも、すんなりと伸びた足にも、俊一は欲情していた。その証拠に下肢ですっかり硬くなったものを望の太ももに押しつけると、望が眼を潤ませ、唇を震わせた。男には抱かれ慣れているはずなのに、このウブな反応が嬉しい。俊一は望に覆い被さり、片方の手でキスをしながら下着ごと望の膨らみを揉みしだいた。

「あっ……あ……、んん」

望が遠慮がちに、けれど我慢しきれないように甘い声で喘ぐ。俊一の手の中で望の下着が湿り、揉むたびにぐちゅぐちゅといやらしい音をたてる。それが恥ずかしいのか、望は俊一の肩にしがみつきながら「だめ、だめ」と首を振った。

「あっ、あっ、やぁ……っ」

布の上から先端の鈴口を探して刺激すると、望の下着はぐっしょりと濡れていく。望の腰が堪えきれないように揺れだし、俊一はぴんと尖りはじめた乳首にも舌を這《は》わせた。

「あぁっ」

望の体が跳ねた。既に十分硬く尖っている乳首は、ひときわ敏感なようだった。空いた手の爪で弾き、もう片方を舌でちろちろと舐める。もどかしい刺激に焦れたように、望が身悶《みもだ》え苦しそうに荒い息をつく。

「やだ、やだ、俊一……それやだ、やめ、あっ」

耐えきれなくなったのか、ぼろぼろと涙をこぼしながら望が懇願《こんがん》した。俊一は自分の下肢が更にきつくなるのを感じながら、望の下着に指をかけた。

「やめてほしいのか？　こんなに濡らしてるのに……」

ぐっしょりと濡れた下着を脱がしながら、半ばからかう気持ちで、半ば傷つけていないか怖くて訊くと、望がかわいそうなほど、顔を赤らめた。

「俊一って……、こ、こういうこと言う人だったんだ」

涙目で、睨むようにして言ってくる望に、俊一は笑った。大丈夫だ。望は傷ついていない。そう確認できたから、露わになった性器を口に含んで強く吸い上げた。

「あっ、あっ、そんな……汚……っ」

先っぽを軽く歯で刺激しながら深く口に含み、唇を使って全体を擦る。その間に、望の先走りで濡れた指を奥の蕾にあてがい、入り口をゆっくりと愛撫した。

「ふ、ひゃ、あ、あ、あ……っ」

望の腰が浮いたところで蕾の中へ一本だけ指を挿入し、入り口の付近をやわやわとかき回すと、たまらなくなったような荒い息遣いが俊一の耳をかすめた。望の手が俊一の頭を摑み、自分の性器から引き離そうと懸命に押してきた。

「だめっ、……俊一だめ、出ちゃう……っ」

俊一は離れず、ひときわ強く吸い上げた。とたん、俊一の咥内で望が弾け、生ぬるく甘苦いどろりとした液体が、俊一の喉にぶちまけられた。

「あ、あ、あ……ごめ……」

望が、また涙ぐんでいた。俊一が頭を起こすと、精液で汚れた唇を拭われる。

「ごめんね……、ごめんね、気持ち、悪くない？」

そう言ってくる望に、ふと、胸が痛んだ。

（俺はお前を好きだと言ったのに）

望の中ではまだ、自分が男で俊一に気持ち悪がられるかもしれないという思い込みが、拭えないらしい。そうさせたのは、長年自分が望の気持ちを拒絶してきたせいだと思うと、俊一はただ、望がかわいそうで、申し訳なくて、愛しかった。

「……可愛かったよ。俺がしたかったんだ。謝るな」

そっと望を押し倒し、優しくキスをする。分かってほしい。同情ではなく、ただ愛しいから抱いていることを。

「お前にやらしいことしたくて、仕方ないんだよ、俺」

そう言って微笑むと、俊一は望に両足を広げさせ、後孔をゆっくりとほぐした。

なにか塗らないと痛いだろうと、ベッドの横にあつらえたように転がっていたハンドクリームを勝手に使い、たっぷりと蕾を湿らせた。人差し指をゆっくりと沈めると、思ったより簡単に入ったが、中はキツくてひどく締めつけてくる。望はぎゅっと眉を寄せて、耐えるように胸を上下させていた。

「痛いか？」

「まだ、そんなに……」

指で中をかき回したり擦ったりしていると、望の体はやがて、弛緩しはじめた。時間をかけてほぐしたあと、二本目を入れて広げた。男にも、入れられて気持ちのいい場所があるということは知識で知っていた。指でまさぐりながら、俊一はそれを探す。やがて自分でも腰を揺らめかせていた望が、大きな声をあげて仰け反った。

「あっ、や……あ、あ、あっ」

「ここがいいのか？」

「あっ、ん、う、うん……、あ、あっ」

泣きそうな声で喘ぎ、望が乱れる。頬が紅潮し、唇からは赤い舌がちろちろと覗いている。俊一はズボンを脱ぎ、もう熱くなってはち切れそうな自身を取り出すと、望の蕾にあてがった。

「あ……」

望が、どこか緊張したような声を出して俊一を見つめてきた。俊一は望の額に口づけると、ゆっくりと腰を進めた。先端が入る。とたんに強く締めつけられ、俊一は声を漏らす。

「望、力抜いて」

望の中心を手に取り、俊一は軽く擦った。

「んっ、あ……」

蕾が緩んだ隙に、俊一は自分の性器を、最後まで押し入れた。望が声をあげる。入ったあと、俊一は少し止まって望が慣れるのを待った。薄い胸を苦しげに上下させながら、望は長い睫毛を震わせて、体を緩めようと努力している。

「大丈夫か……?」

「う、うん、……ごめんね」

謝らなくていいのにと、俊一は思った。望の中は温かく、きゅうきゅうと俊一を締めつけてくる。蕩《とろ》けるような快感に襲われ、激しく腰を振りたくなる欲求をぐっと抑え込んだ。

「俊一の……入って、るんだね。信じられない」

浅く息をしながら、小さな声で、望が言った。

「すごい……嬉しい」

(可愛いこと、言うなよ)

とうとう我慢できなくなり、俊一は腰を動かした。

「あっ」

望が声をあげ、胸を反らす。尖った乳首と性器が、俊一の腰に合わせて揺れている。

「あっ、俊一……っ、あっ」

望の声が止まらなくなった。俊一は熱くたぎった杭で望を揺さぶり続けた。望の中は、ねっとりと俊一に絡んでくる。そのうねりがいじらしい。望も俊一の肩にしがみつき、涙をこぼして無意識のように腰を振ってきた。昂ぶりが弾けそうになった寸前で、俊一は先ほど見つけた望の感じやすい場所にあてて、性器を突き入れた。

「あぁぁっ、あー……っ」

望が体を引きつらせ、達した。強く締めつけてくる中で、俊一もそのまま果て、望の細い体をぎゅっと抱き込む。

けだるい疲労が気持ちよく、俊一は望の上から動かなかった。

俊一の性器は、まだ望の内部に入ったままだ。望は俊一の肩に唇を押しあてて、はぁはぁと息を乱している。

アパートの壁越しに、真夜中の道路を走るトラックの音が、少し遠く聞こえていた。

どちらからということもなく、軽いキスをした。小鳥がするキスのように、何度も繰り返していたら、やがてくすぐったそうに望が笑った。

「……気持ちよかったか？」

訊くと、望は顔をまっ赤にして、甘えるように頷いた。とろんと蕩けた眼が可愛くて、俊一は望の眼許にも口づけた。

「……俊一は、よかった?」

「ああ。めちゃくちゃよかった」

「ほんとに?」

訊き返す望の表情に、ほんの少し、不安げなかげりがある。

「嘘でここまでしない」

安心したのか、望は顔をほころばせて「よかった」と、言った。それが愛しい。俊一の胸の中に、甘い痺れのようなものが広がる。

望が可愛かった。可愛くて可愛くて、食べてしまいたいくらいだった。可愛いことは前から知っていたはずだけれど、こんなに、こんなに可愛かったろうかと思った。

治まっていたはずの俊一の欲望が、望の中に入ったまま、また硬くなり熱を持ちはじめる。既にとろとろに溶けている望の内部を軽く擦ると、望が「あ……」と、甘い声を漏らす。頬に口づけながら、俊一は煽るように望の中をゆっくりとかき回した。

「……んっ、ん……、あ、だめ」

焦れて、望は苦しげに眉を寄せた。その小さな尻が、思わず俊一の杭の動きを追うように動き、そして中がきゅっと締まってきた。俊一がにやにやと笑っていると、望が甘く恨めしげに睨んでくる。

「俊一、意地悪だ……」

「お前が可愛いからだよ」

望の細い腰に腕を回し、俊一はぐいと引っ張った。そのまま座位になり、腰をぴったりと押さえたまま振動だけで望の中を刺激した。一度放った俊一の精が望の中でぐちゅぐちゅと音をたてる。

「んっんっあっ、あ」

どこかもどかしさの残る動きに、望は俊一の首にしがみついてきて、自ら腰を揺らしはじめた。

「やらしいな、そんなにお尻振って」

「あ、だって……っ、あ、あっ」

俊一が乳首を摘むと、望が高い声をあげる。

「気持ちいいか？」

訊きながら、俊一は下から望を突き上げた。

「……気持ちい……っ」

むしゃぶりつくように口づけて、今度は激しく腰を動かす。ベッドが軋《きし》み、皮膚と皮膚がぶつかり合う淫らな音が、部屋の中いっぱいに響いた。

眠りについたのは明け方だった。

俊一が眼を覚ましたのは、耳につく電子音のせいだった。眼を開けると、胸のあたりに望の丸い頭が見えた。とたんに、甘い感情に胸が満たされる。ベッドの脇で鳴っている目覚まし時計を止めたら、ちょうど朝の七時だった。

「望。望」

いつの間にか、昔のように名前で呼んでいるのにも気づかず、肩を揺すって起こす。すると、望が最初寝ぼけ眼で俊一の顔を見た。やがてその眼がみるみる見開かれ、頬がパッと赤らむ。

「おはよ」

額に口づけると、望は恥ずかしそうに視線を逸らし、消え入りそうな声で「お、おはよう……」とこたえてくれる。照れているのも可愛いが、それは言わないでおく。

「き、昨日のやっぱり、夢じゃなかったんだ……」

「お前、普段あういう夢見てるのか？」

「ち、違うよっ」

からかうと、望はまっ赤になって俊一の胸を叩いてきたが、すぐに笑顔になった。猫のように身をすり寄せ、俊一の胸に顔を埋めてくる。

「嬉しい……。本物の俊一だね」

「ああ」

ああとしか、言えなかった。

けれど望は、言葉の足りなさを許してくれた。


望が十時には店に行かねばならないというので、俊一は一緒に出ることにした。久しぶりに望の作ってくれた朝食を食べた。味噌汁に漬け物、焼き鮭に玉子焼きというだけのごく簡単な和食だったけれど、とても美味《おい》しかった。

食べながら、これまでの空白を埋め尽くすようにお互いの近況を知らせあった。もうすぐ本が出ることを伝えると、望はとても喜んでくれた。けれど、その本が望に宛てたものだということは内緒にした。それからなんとなく、篠原が東京を離れたことを話すと、望は「そう」と応えただけだった。その眼にはなにか悲しげな色がよぎったけれど、俊一はもう強いて、望の気持ちを訊こうとは思えなかった。

「なあ、マンボウがさ、食べさせるために卵を産むのはどうしてなんだ?」

ふと、俊一は訊いてみた。突然の問いにわけが分からないように、望は「え? え?」と慌てた声を出している。

「……食べさせたいから?」

「そっか、そりゃ……そうだよな」

俊一は思わず笑った。望は高校時代に、そんな問いを受けたことさえ忘れているようだった。その答えに腹を立てて、勝手に思い悩んでいた人間がいるなんて、思いもよらないのだろう。

「なあそれじゃ……結城衿子って、覚えてる？」

「え？　高三の時のクラスメイトの？　結城さんがどうしたの？」

望は覚えていた。俊一が覚えていなかった結城を。

「なんで覚えてんだよ」

「クラスメイトだからでしょ？」

そんなのは当然、という顔で望が首を傾げる。

（それが望の、自然、か）

食べさせるために卵を産む魚のように、きっとなんでも許してしまう望。でも誰かのためだとか、なにかを恐れて許すわけではなく、自分が許したいから、自分のためだけに、許してしまう望。そのことで傷ついても、望はそうやって生きたいから生きている。

（俺にそれは理解できないし、真似《まね》もできない。でも……）

許すことは、できるのではないか？

望が俊一を許し続けてくれたように。俊一は今になってやっと、そう思えた。許し合うことができるなら、俊一は望と、きっと一緒に生きていける。

「変な俊一。なに笑ってるの？」

一人で笑っている俊一に、望が不思議そうに首を傾げ、味噌汁をすすった。


望は職場の料理店まで、歩いて通勤しているらしい。

地下鉄の駅まで送ると言ってくれるのを、淋しいだけだからと俊一は断った。それぞれ向かう方向が逆だったので、アパートの下で別れることになった。

「じゃあね」

朝の道ばたには、誰もいない。あまりよく知らない街の中で二人きり見つめ合うと、なんだかよけいに淋しかった。

「ああ、気をつけてな」

俊一も返したけれど、どちらからも動き出せず、ぎこちなく固まったままになる。

夏の空は青く晴れていた。福岡は、陽が出ると東京より暑くなるようだ。

「お前、先行けよ」

「俊一から行ってよ」

なんとなく、離れがたくて譲り合う。

撫でつけただけの望の髪は少し寝癖がついており、寝不足の眼はわずかに腫《は》れぼったい。

明日眼が覚めても、今日のように腕の中に望はいないのだ。

そう思うと、俊一は我知らず、望の手を取っていた。望がこくりと息を飲み、俊一の眼を覗き込んでくる。

「帰ってきてくれ」

息もつかずに言った。

「東京に。帰ってきてほしい。そばにいたい」

言ったとたん、泣きそうになって驚いた。言葉と一緒に、今も胸に満ちている望への愛が、もっともっと、強くなる。ただそばで、望を愛したい。

「……そんなこと……言っていいの」

望がかすれた声で呟く。その眼から、堪りかねたような涙が一粒、落ちてくる。

「おれ、本気にするよ？」

「しろよ。本気だから。俺がこっちに来てもいい」

迷いもせずに、俊一は言った。望が俊一の肩に、頭を預けてくる。柔らかい髪の毛から、いつものようにふんわりと石けんの香りが漂い、鼻先をくすぐった。

「じゃあ……帰る。約束する」

俊一は望の頭に鼻先を埋め、静かに眼を閉じた。

頭上を、低くジェット機の飛んでいく音がした。けれどそれは、瞬く間に通り過ぎて消えていく。

この一瞬も、今だけのこと。あっという間に通り過ぎてしまう。

俊一はそれでもいいのだと思った。

(これからはずっと、望といられるんだから)

二十一歳の夏。若い俊一にはこの先の十年後を想像するのさえまだ難しかった。今考えられるのは、ほんの一ヵ月、二ヵ月先のことだ。

来月、再来月。どんなふうにして、望に会いに来よう。旅費を貯め、アルバイトを休み、それから、それから——八月に本が出たら、まっ先に、望に読んでほしい。

顔をそっとあげた望が、はにかんだように微笑む。それだけで胸が躍るのを感じながら、俊一も同じように微笑み返した。体中、望への愛しさに溢れ、するとその愛しさは俊一の心を優しく温めてくれる。

ほかのどこでもない。愛は、ただ俊一の中から溢れてくる。

望の唇に唇を寄せながら、俊一はふと思った。

(もっと鏡を見て……俺の中にあったのは)

望を愛しているということ。

きっと、それだけだったのだと。

ぼうやの恋人

二十四歳の春、俊一《しゅんいち》は人生で初めて車を買った。免許だけは一年前にとっていたが、交通手段の発達した東京では高い税金や駐車場代を支払ってまで、車を買う必要はない。それでも買ったのは、その春に、三年の間遠距離恋愛をしていた恋人が、とうとう帰ってくることになったからだった。

「これどうしたの？　レンタカー？」

その日、福岡から帰ってきた恋人の多田望《ただのぞむ》は、羽田空港の駐車場に停めた俊一の車を見て不思議《ふしぎ》そうに小首を傾げた。

「買ったんだよ。俺の車」

お前が帰ってくる日に合わせて買った、とは言わずに打ち明けると、望が大きな眼をくりくりさせて「ほんとに？　すごいね、高かったでしょ」と驚いた。こういう時、俊一は心から満足を味わう。望にちょっとでも「すごいね」と言われると、それはたとえば、自分の本が編集者や読者から絶賛された時以上に、

（そうだろう。すごいだろう）

という気持ちになれるのだから、我ながら単純だと思うのだ。

「本、売れてるもんね。福岡の本屋さんでも、先月の新刊、たくさん並んでたよ」

望の持ってきたボストンバッグを後部座席に押しやり、車を走らせてしばらくしてから、望が先ほどの会話の続きのように言ってきた。

「たくさん並んでるってことは、売れ残ってんじゃないか？」

「また、そんなこと言って。おれも読んでるよ」

俊一はつい、ドキリとした。先月出たばかりの新刊は、もちろん望に一冊送ってあった。読んでくれてもくれなくても構わないのでいつも自分からは感想は聞かないが、正直なところ、俊一が小説を書く理由のおおもとは望なので、やっぱり評価は気になってしまう。

「そ、そうか？　どうだった？」

空港の敷地内を出て、首都高のほうへ向かいながらやや緊張気味に訊くと、望から「面白いよ」と返ってきて、俊一はひとまず胸を撫《な》で下《お》ろした。

「真ん中くらいまで読んだけど、初めに出てきた男が、またあんなところで出てくると思わなかったー。おれ、主人公の友だちの田辺《たなべ》って子、好き」

「そっか？　ヒロインは？」

「いつもと同じ感じだね」

望にさらっと言われ、俊一は「ははは」と小さく笑った。俊一が書く小説のヒロインはいつも望をイメージしているのだが、望はそれに気がついていないので、好きでも嫌いでもないらしい。大体、「いい子だね」か「可愛いね」か、「前と同じだね」と返ってくる。

けれどその答えで十分、俊一は満足するのだった。

二十一歳の夏に出版された『ぼうや、もっと鏡みて』で、俊一は小説家としてデビューした。当初の売り上げは地味だったが、二作目の小説を発表したタイミングで映画プロデューサーの眼に止まり、映画化された。それをきっかけに一作目、二作目と重版を重ねるヒット作となり、これまでに出した八作とも売れ行きはいい。

投稿時代はわりと小難しい小説を書いていたが、それをやめてエンターテイメント色の強い、ややミステリータッチの作品を中心に発表したのもよかったのだろう。昨年は全国の書店員が決める大きな賞にも入賞し、作家としてはかなり順調だった。書きたいアイディアもまだまだあるし、これから作品のドラマ化も決まっている。そんなわけで俊一は就職をせず、去年の春から専業作家としての生活をスタートさせていた。

とはいえデビューしてから三年弱、作家としては順調でもプライベートでは一つだけ、苦労があった。それは二十一歳の夏から付き合い始めた望と、思うように会えなかったことだ。というのも、望が福岡の飲食店で働いていたからである。一年で帰ると約束していたものの、実際にはそう簡単にはいかなかった。

望は気立てがよく、基本的にお人好しだ。昔は人が善すぎてむしろ愚かにさえ見えたが、ここ三年は落ち着き、その善良さは店の主人や同僚たちに愛され、頼られてもいたようだ。二年目の契約更新の話になった時、まだ抜けられては困ると引き留められ、望自身ももう少しその店で修行したいと思ったらしく、結局、俊一は望との遠距離恋愛を続けることになった。

『ごめんね。あと一年、待ってもらっていい？』

そう言われた時、俊一は『一生の仕事だろ。もう一年くらい待つよ』と答えた。けれど遠距離恋愛は、本当のところ思った以上に辛かった。電話もメールも毎日していたし、一ヵ月に一度は、時間を見つけてどちらか都合《つごう》のいい方が会いに行くようにしていた。仕事の拘束時間が長い望のほうが都合がつきにくかったので、ほとんどの場合は俊一が福岡まで行ったが、俊一も売れっ子作家になるにつれて忙しくなり、どんなにゆっくりしたくても、一晩一緒に過ごしたら翌朝には帰らねばならないことのほうが多かった。

なにが辛いといって、帰る日の朝や、会えた日の翌朝ほど辛いことはなかった。昨夜腕の中にいた望が、いないことをしみじみ感じると、ひたすら淋しかった。

盆暮れ正月に、少し長めの休みをもらって帰ってきても、望は大半を家族と過ごすので、俊一の部屋に泊まってくれるのは一日かそこらだった。望がたまに帰るとなると、普段忙しい医者の父と兄がわざわざ休みをとるというし、望も二人に食事を作ってやるのが楽しみなようなので、『休みの間は俺のところにずっといろ』などとは、口が裂けても言えない。けれどもっと長時間望と一緒にいたいと思う気持ちは消えなくて、俊一はその欲求不満を小説を書くことで発散している面もあった。

そんなわけだから、望がさらにもう一年福岡の店で働きたいと言ってきた時には、

『バカ言うな、東京に帰って来い。これ以上我慢できねえからな』

と、いう言葉が喉まで出かかった。が、それもなんとか抑えこんで、とりあえず理解した。狭量な恋人には見られたくなかったし、それなら自分が福岡に住めばいいというのも分かっていたからだ。そして今年の春。

望はとうとう、東京に帰ってきた。

「今日はとりあえず、実家に帰るんだろ？　三鷹のほうまで送ってくから」

大井本線料金所の前まで来ると、車が少し渋滞していた。順番を待ちながら並んでいる時に訊くと、望が少し悪戯《いたずら》っぽい顔になった。

「……ううん。家族には、明日の昼の便で帰る、って言っちゃったから」

俊一はドキリとして、望を振り向いた。望は頬をうっすら赤らめて、恥ずかしそうに眼を伏せている。

「今日は俊一の家に、行ってもいい？」

訊かれた瞬間、俊一は内心、花火があがったような気分だった。むずむずと喜びがこみ上げてきて、我慢できず、助手席の後ろに手をかけると、身を乗り出して望にキスをしていた。久しぶりにキスをする小さな唇の上で、ちゅ、と音をたてて望の大きな眼を覗き込む。

「いいよ。俺もそうしてくれたら嬉しい」

声を落として囁《ささや》くと、望が睫毛を揺らす。もう一度キスをしたいと思った時、後ろでクラクションが鳴った。

「俊一、ほら、後ろから怒られてるよ」

望が慌てて肩を押してくるので、俊一は仕方なく離れた。けれど心は浮き立ち、逸《はや》っている。早く、一分一秒でも早く家に帰って、望の体を抱きしめたかった。

(大好きなお父さん、兄さんより、今日は俺が先なんだな)

望が自分を一番に優先してくれたことが、なにより嬉しい。口にはしないが、この三年間、俊一は望の職場に嫉妬《しっと》し、家族に嫉妬していたせいでよけいだった。望を独り占めできると思うと、それだけで俊一のテンションは上がってくる。料金所を過ぎると、俊一はいつもより少しスピードを出した。

ちらっと助手席を見ると、望が眼を合わせて微笑《ほほえ》んでくれる。空は晴れて春の陽が温かく、つけているカーラジオからは明るい曲が流れていた。

(最高だな)

付き合う前までは、まさか自分がここまで望に執着《しゅうちゃく》するとは思っていなかった。けれど今、俊一はただ望が自分といてくれるというだけで、心の底からうきうきとしている。

(これから、望とは会いたい時に会えるんだ)

そう思うと、ラジオから流れてくる曲に合わせて、思わず、鼻歌が出そうだった。

「……あ、あ、あ……ん」

部屋に帰ってすぐ、俊一は望をベッドに連れ込んだ。本が売れるようになってから、税金対策のために前の部屋より高めの家賃を支払うことにしたので、今俊一が住んでいる部屋は一人暮らしには十分広い2LDKの作りになっている。一部屋は書斎だが、もう一部屋は寝室になっており、そこに、一年に二三度しか泊まれない望のために買った、大きなベッドが置いてあった。西向きのこの部屋には今、昼下がりの陽光が低く射し込み、その中で、俊一は裸にした望を組み敷き、奥の蕾に自分自身を入れて揺さぶっていた。

「あ、や、だめ……」

「だめじゃないだろ、こんなに締めつけて……」

「や……あ……っ」

望の中は、きゅうきゅうと俊一のものに絡みついて締まってくる。それを指摘してやると、望はまるで今日が初めて男に抱かれるようにまっ赤になってうろたえる。俊一は望の、その反応を見るのが好きだった。

中のいいところに硬い杭を当てながら、ぷっくりと尖《とが》った乳首を押しつぶすと、望は「ひゃ、あっん…」と仰け反った。何度もそれを繰り返しているうちに、望の顔はとろんと溶けてくる。そうなるとよほど気持ちが良いのか、自分で小さな尻を揺らし始める。

――ほんとはね。

と、付き合いだして一年が経つ頃、望に恥ずかしそうに言われたことがある。

『おれね、俊一とするまで、セックスってあんまり好きじゃなかった……』

それは俺に抱かれるのが、今まで付き合ってきたどの男より気持ちいいということだろう、と考えて俊一は一人悦に入ったものだ。過去に望が他の男と付き合っていたことがある、というのは、考えるとムカツくが、それは自分にも責任がある。なので俊一は、とにかく望が他の相手とのセックスなど忘れるくらいに、自分との情事に溺《おぼ》れさせればいいのだと考えていたりする。

(俺だって、もう溺れてるからな……)

望を抱くのは、今まで付き合ってきたどの女を抱くのよりも、俊一を興奮させた。

「あ、あ……ん、あ、あっ、俊一……っ、も、もう」

いっちゃう、という言葉が望の口から漏れて、俊一はそこから、激しく望の中を突き始めた。望は声をあげ、涙ぐんで俊一の首にしがみついてくる。

「あ、あっ、や、あー……っ」

望が震えながら達し、同時に、俊一も望の中に白濁を放った。望の後孔はひくひくと震えて、俊一の精を最後まで搾《しぼ》り取《と》っていく。

二人ぐったりとベッドに倒れ込み、抱き合うと、俊一は望の眼許にキスをした。

「……気持ち良かったか？」

息が整った頃、そっと訊くと、望ははにかんだ顔で頷いてきた。それからなんだか照れを隠すように、俊一の胸に抱きついてくる。

「なんだ、まだ慣れないのか」

「だって……」

と、胸元で望が言い訳をするが、俊一はこういう時、本当はたまらない満足を感じているのだ。

付き合いだして三年が経つのに、望は俊一と抱き合うことに今も慣れていないらしい。何度か、まるで夢のようだと言われたことがある。一緒にいる時、望は不意におれ、俊一と付き合ってるんだ、と思い返すのだそうで、そうするとまともに俊一の顔が見られないほど恥ずかしくなるという。

細い体をきゅっと抱きしめ、首筋に鼻先を埋めると、望の早い脈拍が伝わってくる。それは気がつくとこちらにもうつって、俊一のほうまでドキドキしてしまう。

（あー……、可愛いなあ）

そしてつい、そんなふうに思う。

望は、俊一がこれまでに付き合ってきたどの相手とも違う。三年も付き合っているのに、俊一に愛されることにまったく慣れない。だからいつでも、ほんのちょっと優しくしただけで、とても幸せそうな顔をしてくれる。それは長い間俊一が望を受け入れなかったせいだと知っているから、胸が痛むのも本当だけれど、同時に俊一をも、幸せにしてくれる。

(こいつ、本当に俺が好きなんだなあ……)

そう、感じられるからだ。するとますます優しくしてやりたくなり、俊一は望の丸い頭を、何度も撫でてやった。

「そういえば、お前、次の仕事って五月からだって言ってたよな」

ふと思い出し、俊一は望の体を離した。やっと緊張のおさまったらしい望が、きょとんとした顔で頷いた。

福岡での仕事を辞めた望は、同じ系列の東京店で働くことになっているが、それは五月からで、四月上旬の今から一ヵ月は休みらしい。俊一は上半身を起こすと、ベッドサイドの棚から一枚の紙切れを取り出した。

「実はここ……考えてんだけど」

と言って、俊一が望に渡したのは、先週不動産屋でもらってきた賃貸住宅の資料だった。五月からの望の職場にほど近い3LDK。俊一一人でも、なんとか家賃を払える程度のマンションだった。

「……俊一、引っ越すの？」

ぱちぱちと眼をしばたたく望に、俊一は「あのさ」と身を乗り出した。いくぶん、心の中に緊張が走る。

「一緒に暮らさないか？　家賃は、俺が仕事場にもするから多めに出すし。お前も、仕事始まったら朝から晩まで働きづめだし、俺も結構忙しい。お互い、東京にいても離れて暮らしてたら結局あんまり会えなくなりそうだから……」

もう、なかなか会えないのは嫌なのだ。

三年間離れて、俊一はそれに慣れるどころか日々辛くなるばかりだった。あと一年、あと一年、と期限があったから続けられた我慢も、これ以上続けることはできそうにない。今年の春に望が帰ってくると決まった時から、俊一はずっと一緒に暮らしたいと思ってきた。

「……おれと、暮らしてくれるの？」

望はびっくりした顔で、見上げてくる。それが可愛くて、俊一は望の額に、自分のそれを合わせた。

「暮らしたいんだよ。ほんのちょっとでもいい、毎日、お前のそばにいたい」

それは本音だった。望が頬を赤らめ、再びドキドキしたようにそっと俊一から眼を逸《そ》らす。「なあ、返事は？」と言って手を握ると、望は小さく頷いてくれた。

「……俺も俊一の、そばにいたい」

恥ずかしそうに呟《つぶや》かれて、俊一の腹の奥に一度おさまっていた欲情の火がまた、灯った。

顔を上げた望の顎をとらえる。

「俊……」

まだなにか言おうとしていた声を吸い込むように、俊一は唇を合わせ、再び望を押し倒していた。


翌日、望を三鷹の実家まで送ったあと、俊一は不動産屋に立ち寄った。望もいいと言っていたのだし、先に自分が住んでおいても構わない。部屋が埋まってしまう前に急いだほうがいいだろうとも思って、昨日望に資料を見せたマンションの入居契約を早々に済ませた。作家業など水ものなので、保証人にはサラリーマンをしている父親に頼んだが、まあもちろん、望と暮らすなどということは言わなかった。その日は仕事にも俄然《がぜん》やる気が出て、一日の予定枚数より多めに書き上げたりもした。料理人の望の給料は、お世辞にも高いとは言えない。自分がしっかり稼がねば、という思いが出たのもある。

実家に帰ったばかりの望からは、その夜は連絡がなかった。

家族水入らずで過ごしているのだろうと思ったので、それは気にならず、どうせなら驚かせてやろうという気持ちもあったので、俊一はマンションのことはメールでも知らせなかった。

けれどその翌日、『今日の夜、会えないか？』とメールしたら、望の返事は『今日はちょっと無理なんだ。ごめんね』だった。おや、と思いながらその日は我慢し、翌日また同じメールを送った。ところが今度も『今日も会えそうにないんだ』と、返ってきた。

（なんだ？　なんで会えないんだよ）

不満に思って電話をかけたが、望は出ない。俊一は急に不審になってきた。頭をよぎったのは、もっとも最悪な想像だった。たとえば昔から望に横恋慕している男の一人が、たまたま望が帰京していることを知り、望の家に押しかけて、望を手込めにしている……とか、そういう類《たぐい》の。

（いやいや。ばかばかしい。この三年、そんなことは一度もなかったろ）

福岡にいる間も、望は男に好かれていたとは思うのだが、そんなそぶりは見たことがない。俊一は何度か望の携帯電話の着信履歴などを確かめてやりたくなったが、そんなみっともないことをするのはさすがに気が引けて、何度となく望を信じようと決め直し、乗り切ってきた。けれど実際、望は三年間、誰にも言い寄られていなかったようだ。

（いくらちょっとしっかりしても、望が俺に隠し事ができるとは思えない。一度もそう感じたことがないんだから、本当にまあ、大丈夫だろ……）

けれど今日は、そう言い聞かせて仕事に没頭しようとしても、集中できなかった。

近くなったのが悪いのだ、と俊一は思った。会いに行こうと思えば会える距離。そのせいで欲張りになっているのだと。けれどそれならなぜ、望は会えないなどと言うのか。俊一はだんだん、腹が立ってきた。

(べつに夜中にちょっと来て、翌朝帰るんでもいいんだぞ。なんで会えないんだ)

福岡と東京で遠距離恋愛していた頃とは違う。少し無理をするだけでいいのに。

(俺のそばにいたいんじゃなかったのか)

正午を越えて、俊一はとうとう、パソコンの電源を落としていた。

(ちょっとそこのコンビニまで行くだけだ。それで……まあ、ついでに三鷹まで行ってもいい……)

そして心の中で、完全にただの言い訳をしながら、近くの駐車場に停めてある車へ乗り込んでいた。

道が空いていたので、三鷹にはすぐに着いた。望の家の前に車を停めて、俊一は少し迷いながら望の携帯電話に電話をかけた。コールしても、望はなかなか出てくれない。十二回目のコールが鳴った時、ようやく、つながった。

『あ、俊一? ごめん、ごめん。ばたばたしてて、すぐ出られなくて』

「いや……」

いや、と言ったものの、そのあとの言葉を俊一は考えていなかった。見てみると、望の家のベランダには洗濯物が干されたままだ。そのうち電話口の望がぱたぱたとどこかへ移動している音がし、そのベランダに、人影が出てくるのが見えた。

「……お前、忙しいのか？」

ベランダに立っているのは望だった。携帯電話を肩に挟んだ状態で、洗濯物を取り込んでいるのが見える。その様子に、なんだか俊一はムカムカしてきた。

(俺の電話は家事の片手間か？　俺と会うのより、洗濯か……)

三日前に会ったのは、二ヵ月ぶりのことだったはずだ。これからはもっと何度でも会えると思っていたのは自分だけだったのか、という気さえしてくる。

『忙しいっていうか……昨日色々あって』

と、望が言葉を濁す。

『ごめんね、ちょっと今週は、会えないかも……』

「あー、そうか。俺と会うより洗濯が大事らしいからな、お前は」

思わず、尖った声が出てしまった。電話の向こうで望が『えっ』と声をあげる。ベランダの望がこちらへ顔を向けるのが分かったので、俊一は勝手に電話を切ってしまった。

(家事くらいで、なんで俺と一週間会えないんだよ)

いじけた気持ちになり、車に乗り込もうとした時だった。

「俊一！　俊一！」

声がして、振り向くと望が玄関から走ってくる。

「来てたんなら、言ってくれたらいいのに。どうしたの？」

どうしたの、と訊かれて俊一はムカッとした。なにがどうしたの、だ。望にとって、一週間自分と会えないことはそんな程度のことなのか、と感じてしまう。なんだか腹の奥から怒りが湧いてきて、門扉を押して出てきた望を、じろっと睨《にら》みつけていた。すると望が、ちょっと困ったように眉を寄せて足を止めた。

「……お前、俺と住む気あるんだよな？」

思わずそんなことを訊いてしまうと、望が眼を丸めた。

「あるよ。もちろん……どうして？」

「ならいいけどさ。……こないだ見せた物件、仮押さえしてきたから、その話したかったんだよ」

なのに全然捕まらないんじゃ、話のしようがねえだろ、と続けるつもりだった。けれどそのとたん、望が「えっ」と大きな声をあげたので、俊一は言葉をしまいこんだ。

「も、もう押さえちゃったの？　いつ入居にしちゃった？　おれ、そんなにすぐには引っ越せないよ。今、お父さん風邪ひいて家で休んでるから。そんな時にこんな話できないし、お父さんの体が元気になるまではそばにいてあげなきゃ……」

「なんでだよ。親父《おやじ》さんが元気になるのに、一ヵ月や二ヵ月もかかるのか？　それに荷物なんか、ほとんどないだろ。福岡のアパートの家具は、全部処分してきたんだろうが」

望はほとんど身一つで帰ってきたのだと、俊一は知っている。洋服と、すぐに使う日用品さえあれば引っ越しなどいつでもできるはずだ。

「家具とかじゃなくて、お父さんと兄さんに許可をとってないもの」

「二十三、四にもなった大の男がどこに住むとか親の許可がいんのかよ」

眉を寄せると、望のほうが困惑した顔になった。

「だって……俊一は親になにも言わないの？　おれの家はちゃんと話して、許してもらわないと一緒には住めないよ」

俊一はとうとう腹を立てた。望が父や兄を大事に思っているのは知っているが、優先順位は俺じゃないのかと思ってしまう。三年間待ってやったのに、これ以上待てというのはどういうことだと思った。

「許してもらえないと、一緒には暮らしたくないってことか？」

「違う。ずっと一緒にいたいから、もうちょっと周りのことを考えないと……」

「いい大人なんだから、どこに住んでも自由だろ？」

「……いい大人だからでしょ？　俊一と暮らすのは、べつにいいけど……」

俊一はムッとして、車の扉を開けた。

「なんだそりゃ、お前の方が俺に同情して、暮らしてあげてもいいと思ってんのか？」

「……俊一」

「もういいよ、お前はお父さんと兄さんと暮らしたいんだろ。だったらそうしろよ」

思っているのとは真逆のことが、ついつい口から出る。望の顔にさっと淋しそうな色が走ったのは分かったが、俊一は腹立ち紛れに車に乗り込み、ドアを閉めていた。


(あぁくそ、むしゃくしゃする)

三鷹から、自宅のある中野方面へ車を走らせながら、俊一はまっ直ぐ家に帰る気にもなれなかった。まあまあ賑わった街の途中で車を停め、そこの喫茶店に、持ってきたモバイルパソコンを持って入り、仕事をすることにした。

コーヒーを頼み、仕事用の眼鏡をかけてパソコンの起動を待つ間、

——一緒に暮らすのはべつにいいけど。

と、言った望の言葉が思い出され、また、むしゃくしゃしてきた。

(暮らすのはいいけど、かよ。まるで俺がお願いしてきいてもらってるみたいじゃねえか。もともと俺を好きだったのはお前なんじゃないのか？　俺はお前のために、普通の人生捨てて、男を好きになったんだろうが。男同士じゃ結婚なんてできないから、せめて一緒に暮らそうって思ったんだろ……)

そんな不満が心の中から噴き出してきて、コーヒーが運ばれてきても気づかなかった。

　喫茶店の中は客が少なく、眠たい空気が漂っている。ふと扉が開き、カランカラン、と鈴のような音が鳴った。同時に「本山《もとやま》くんじゃないの～」という声がして、俊一は眉を寄せて顔をあげた。

「いやー、久しぶりっ、今そこ通ったらさあ、お前が座ってんのがガラス越しに見えたから。あ、お姉さん俺にはアイスコーヒーとティラミス一つね」

　一人べらべらと喋りながら向かいに座ってきたのは、五島《ごしま》だった。高校時代の同級生で、どうしようもないただの無職男だ。昔望と付き合っていたことがあるので、俊一は五島が反吐《へど》が出るほど嫌いだった。

「なんの用だよ、五島」

「まあまあ、怖い顔しないでよ。ここの駅前の台がさあ、すげえよく出るって聞いたから来てみたのに、朝からもー三万スっちゃって、俺ってば超かわいそうだろ？」

　どうやらパチンコで大負けに負けたらしい五島に、俊一は顔をしかめた。

「奢《おご》らねえぞ、俺は」

「ん～、本山先生って眼鏡も似合う。男前っ。ていうかお前の本、こないだコンビニにも並んでたぜー、どうせ金余ってんだろ」

「お前みたいなクズに使ってやる金はびた一文ない」

「いや、しばらくぶりに聞いても衰えてないね、お前のその毒舌」

五島はニヤニヤしながら、運ばれてきたアイスコーヒーとティラミスを自分のほうへ引き寄せている。どうも聞く気がないらしい。俊一は諦めて、起動したばかりのパソコンを閉じ、さっさとこの場を立ち去ろうとした。

「なあなあ、望ちゃんどうしてんの？　最近、東京に帰ってきたんだろ？」

その時そう訊かれ、俊一はハッとなった。

「なんでお前が知ってんだ？」

まさか望の家に押しかけたのか、と疑った時、五島が「おっ、マジで？　カマかけたのが当たったあ」と喜んだので、俊一は舌を打った。こんなやつに望が今東京にいることをばらしてしまい、自己嫌悪が募ってくる。

「……お前、まだ望のこと諦めてないのか」

「まさかあ。他の男ならともかく、お前が相手じゃ勝ち目ねえもん。まあ、お前と望ちゃんが別れたらもう一回トライしてみるぜ」

「じゃあ一生指をくわえてろ」

吐き出すように言うと、五島が「ひゅう～、言うねえ」と囃《はや》したててきた。

「……ま、良かったんじゃねえの。望ちゃんはお前しか好きじゃなかったもんな。今頃幸せいっぱいで、そのうち結婚とかしちゃうんだろ？」

「男同士で結婚なんかできるか」

「今は男と女でも事実婚てのがあるじゃんよ」

「それは一緒に暮らしてる状況が必要だろうが」

「一緒に暮らさねえの？」

痛いところを突かれて、俊一は黙り込んだ。ぷいと顔を背けると、窓の向こうに昼下がりの街並みが見える。

──ずっと一緒にいたいから……。

ふと、ついさっき聞いた望の声が蘇ってきた。

（一緒に暮らして……それが長くなれば、俺たちの関係なら、まあ事実婚と言えなくもない、のか）

それは一応分かっていたことなのだが、本当のところ、俊一はそこまで深くは考えていなかった。ただ三年間離れていて苦しかったから、もうこれ以上我慢したくなかったのだ。けれどお互いに、他の相手を選ぶことが決してないのなら……男女なら、普通は結婚する。

「お、そうだこれやるよ。コーヒーとティラミスのお礼」

ちゃっかりと飲み食いし終えた五島が、席を立つ間際になってポケットから駄菓子を取り出して渡してきた。プラスチックの指輪の輪っかの上に、宝石を模してピンク色の飴がくっついている、女の子の好きそうな菓子だ。

「パチンコの景品でそれだけ交換できたのよ。まあ、望ちゃんへのプロポーズにでも使ってよ」

調子のいいことを言う五島に舌打ちし、俊一は飴をテーブルに転がした。五島には腹が立ったままだが、少しずつ頭が冷えてきた。

(……親に許しをもらってから、って言うのは、望の覚悟か)

今さら、そんなことに気がついてしまう。俊一は自分の親になにも言うつもりはなかったし、望の親にもなにも言うつもりはなかった。だが裏を返せばそれは、そういう覚悟をまるでしていなかった、ということにもなる。

「お前、相変わらずゴーマンだねえ、人のあげたものを」

五島が、俊一の転がした飴を自分のほうに戻しながら言ってくる。

「そんな調子で望ちゃんにも、いつまでも好きになってやったんだ、ってツラしてんだろ？　ずっとそれだと嫌われるぜ～」

「うるせえな」

思わず大きな声を出すと、五島は「おお、怖い怖い」と言って立ち上がり、支払いを俊一につけたまま、ちゃっかり店を出て行った。が、五島がいなくなると俊一の胃はきゅう、と痛んだ。

(俺のほうが、望に、一緒に住んでやる、と思い込んでいたのかもな……)

自分で望んで、望を愛しているのに。いつも心のどこかに、好きになってやったと思っている自分がいるのを、俊一は感じている。この傲慢《ごうまん》な自分は付き合う前から俊一の中にいたし、付き合っている間もずっといた。これから先も消えないかもしれない。けれど消せなくても、そういう気持ちに流れそうな自分を、自分で戒《いまし》めることはできるはずだと思って、俊一はこの三年望と付き合ってきた。

傲慢な自分を消すことができないように、望を愛する自分も、俊一の中からは消せないのだから。

(俺はみっともなくなる覚悟が、いつも足りないな)

ため息をつき、俊一は伝票を引き寄せた。


店を出ると、俊一はもう一度三鷹へ車を走らせた。我ながらかっこ悪いと思ったが、そういう見栄を張るのが自分の悪い癖だとも、もう知っている。

望の家の前に着くと、すでに夕刻で、西の空は赤く染まっていた。再び路上に駐車して車を下りた時、俊一はハッと身構えた。門扉のところに、望の兄の秀一《しゅういち》が立っていた。

薄手のコートを着て、眼鏡をかけた秀一は、望にはまるで似ていない硬質な雰囲気《ふんいき》のある男だ。幼い頃から何度も望の家に来たことがあるので、俊一ももちろん顔見知りだったが、望と付き合いだしてからは一度も会ったことがない。にわかに体に緊張が走るのを感じながら、俊一は「こんにちは」と声をかけた。

「……俊一くんか。久しぶりだな。弟に用でも？」

ちらりと振り向いてきた秀一に訊かれて、俊一は「あ、はい」と頷いた。

「今呼んでくるから、待っててくれ」

門扉の中に誘われながら、俊一は頭を下げた。踵を返して家のほうへ歩いていこうとした秀一に、その時どうしてか——俊一は衝動的に「あの、ちょっとお話が」と口走っていた。秀一に眼鏡の奥からじっと見つめられたとたん、俊一はどっと額に汗が浮かぶのを感じた。

「話？」

訝しげに眉をしかめてくる秀一に、俊一はしばらく言葉を探した。

なぜか頭の中には、ついさっき別れる間際に見た、望の淋しそうな顔が映った。

「……実はですね、その、弟さんと、一緒に暮らしたいんです」

気がつくと、俊一はとうとう言っていた。秀一がますます眉をひそめたが、一度口に出したことは返らないのだ。もうこの際どうにでもなれ、というやけっぱちな気持ちになって、俊一は息を吸い込んだ。

「あの、実は弟さんとお付き合いさせていただいてます。それで、これからもお付き合いしたいと思っていて……」

秀一が、ふむ、と呟いた。

「それは知っていたが。弟の様子を見ていたらすぐ分かる」

「……あ、そ、そうですか」

さらりと言われてあとが続かず、俊一は一瞬黙った。自分の心臓は激しく鳴り、冷たい汗も噴き出ているのに、秀一のほうはあまり動じていないようだ。自分の弟がゲイだと知って、もう長いからかもしれない。

「お、男同士で変に思われるかもしれませんが、その、俺もいい加減な気持ちじゃないんです。なので、一緒に暮らしたいというのは、一生という意味で、一応」

「……きみは弟と同じ指向なのか？」

「い、いえ、男で好きなのは弟さんだけですが」

慌てて否定すると、秀一はまた「ふむ」と頷いた。

「あ、あの。幸せにしますから……」

このまま許さないと言われるのではないかと思うと、つい前のめりになっていた。すると秀一は、静かに眼を細めて、

「幸せにしてもらうのは、きみのほうも一緒だろう」

と、言った。ドキリとして、俊一は眼を見開いた。秀一が踵を返す。

「弟が納得しているなら、私には異存ない。決まったら父にも言ってやろう」

淡々と言い、秀一は玄関の扉を開けている。

――幸せにしてもらうのは。

その言葉が、なぜだか耳の奥にこびりつく。と、玄関先で秀一は誰かと話しているようだった。やがて驚いた顔の望が出てきて、小さな声で「俊一」と呼んでくる。その優しげな顔を見たとたん、俊一の胸の中に、甘く優しい感情が溢れてきた。

「今日は家のことはいいから。彼と色々、話したほうがいいんじゃないか」

秀一に、望がぺこりと頭を下げ、俊一のほうへ駆けてきた。秀一が家の中に消える。と、同時に俊一は思わず望に駆け寄っていた。小さな体をぎゅっと抱き寄せると、胸が痛くなる。腕の中で、望が驚いたように「俊一、どうしたの？」と、言う。

（ごめん……）

声には出さず、俊一はそう思った。

――俺のほうが、お前を好きになってやったんだ。

一瞬でも、ほんのちょっとでもそう思ったことを。

ごめん、と俊一は感じたのだった。


家の前で話すのも落ち着かないので、俊一は望を乗せてそこから少し走った場所にある高台へ向かった。坂の上が公園になっており、道の途中で車を停めるとちょうど夜景がよく見える場所だ。その頃にはもう日が暮れていたので、薄闇の中に街の明かりが浮かび上がってきれいだった。

「……さっきは悪かった。お前、親父さんが風邪ひいてたから、この三日会えなかったんだよな。それもちゃんと聞かないで……。親父さん、平気なのか？」

まず謝ると、助手席の望が「おれも、すぐ言わなくてごめんね」と言ってきた。

「お父さん、ただの働きすぎだって。俊一には、心配かけちゃいけないと思って……」

「でも、それは心配くらいかけてほしかった」

思わずかぶせるように言うと、望が顔を上げる気配がある。

「俺は一人で、毎日でも会いたいのは俺だけか……と思ってたんだな」

（くそ、かっこ悪いな）

言いながらそう思うと恥ずかしくなり、俊一は望のほうを振り向けない。けれど望が「そんなの、おれだって毎日会いたいよ」と、慌てたように言ってきた。ギシ、とシートの上で望の身じろぐ音がする。

「おれだって毎日……。俊一のこと、俺が大好きなの、知ってるでしょ？」

「……」

知っている。知りすぎるほど知っている、と俊一は思った。振り向くと、望はじっと心配そうに俊一の顔を見つめていた。黒眼がちの瞳のなかに、夜景が映り込んでいる。きらきらと光る瞳の奥に、望の感情が見えた。

――おれを好きでいて。……嫌わないで。

(俺がお前を、もう、嫌ったりしないの……お前はまだ、分かんないんだなあ)

本当なら男なんか好きになるはずじゃなかった、と思っている傲慢な自分が俊一の中に い続けているように、望の中にも、俊一が自分を好きになるなんて間違いだ、という気持ちが残り続けているのかもしれない。

そういう二人のまま愛し合っていることは、たしかに、とても尊いことなのかもしれない。けれど……。

「……なあ、一生これから、一緒にいるならさ、もっとお互い、変わっていくべきところもあるのかもな」

そっと言うと、望が不安そうに眼をしばたたいた。安心させてやりたくて、俊一は腕を伸ばし、望の細い体を引き寄せる。

「俺はお前の話をもっと聞くようにするし、お前は……俺にもうちょっと、昔みたいに甘えてほしい」

――子どもの頃のように、と俊一は思った。

「家のことだけど、どっちにしろ、俺の部屋もうすぐ更新が切れるんだ。だからとりあえず仮押さえしたマンションに移るから……親父さんの具合がよくなったら、改めて挨拶して、一緒に暮らそう」

なぜだかすんなりと、言葉が出た。望が眼を丸めて俊一を見つめる。

「……だって、いいの？」

「なにが。もう、お兄さんには許しをもらったよ。さっき」

望がますます眼を見開いたので、俊一は少し得意な気持ちになって微笑んだ。望が言う、「いいの？」の意味は分かっている。本当にそんなことまでして、俊一の一生を自分に使ってもいいのかと、望自身がまだ不安なのだろう。けれど俊一はもうとっくに決めているのだし、折々に覚悟していくしかないのだということも、分かっていた。

「うちの両親にはちょっとずつ理解してもらうしかないと思うけど……とりあえず、先に一緒に暮らさないか？　どんなことがあっても、俺とお前で一緒に生きてくって決めていれば、あとのことはなんとかなるだろ？」

「……俊一」

望が震え、その眼が涙ぐんだように光っていた。瞳に映った夜景がにじんでいる。

音もなく、俊一の中に愛しさが湧いてくる。

そっと望の目尻にキスをし、体重をかけながら助手席のサイドバーを引いて席を倒した。

「……俊一、こ、ここでするの？」

慌てたように訊いてくる望の唇を、俊一はついばんだ。びっくりしている望が可愛い。

「ああ。したい。だってお前が可愛いから……」

望の顔を覗き込むと、まっ赤だった。じろ、と睨まれてもやっぱりただ可愛いだけで、俊一は小さく笑う。ふとその時、

(五島にもらうのはごめんだが、あの指輪の駄菓子、どこかで買ってきたらよかった)

と、思った。

望に渡してやりたい。これから先ずっと、一緒にいたいという俊一の気持ちの証を。

いや、今度二人で、どこかに買いに行こう。食べれば消えてしまう飴のようなものではなく、もっと強く二人を縛り付ける約束の証。それは指輪でなくてもいい。

けれど今は飴よりも甘い望を味わいたくて、俊一はもう一度、深くキスをした。

あとがき

皆さんこんにちは、または、はじめまして。樋口美沙緒《ひぐちみさお》です。このたびは、『ぼうや、もっと鏡みて』をお手にとってくださり、ありがとうございます。

このお話は、去年の十二月に出していただいた『愛はね、』の一年後のお話です。前作は読まなくても大丈夫なように書いたものの、よかったら『愛はね、』のほうも読んで下さると、とてもとても嬉しいです。

そして、このお話を本にしていただけたのは、待って下さった方々のおかげです。本当に本当に、ありがとうございました。

ところで、作中望《のぞむ》は許してますけども、やっぱり暴力はだめ、絶対と思います。そして私は、初めの頃の俊一《しゅんいち》とは違って感想大歓迎ですので！

それはさておき、もとが七年前の原稿なので、作中に出てくる地名は、当時の私がバイトをしていたとか、住んでいたとか、なにかしら関係のある場所ばかりです。どピンクのはっぴを着た五島《ごしま》を書くのが楽しかった（笑）。

俊一はこれからも迷いつつも、望を愛するんじゃないでしょうか。望は俊一より単純なので、他の生き方は選べないだろうし、なんとか二人でやっていってくれるかな？　二人とも悪いやつでもなければ、いいやつでもない。そういう普通の人たちのお話でした。BLとして皆さんに楽しんでいただけるか、前作同様とても不安です。でも、懐《ふところ》豊かなBLの海の中に、こういうのもあっていいかなと……そんな気持ちで、好きなように書かせていただきました。

前回のタイトル『愛はね、』の続きを知りたい、というお手紙を何通かいただきました。答えは……内緒です（笑）。ごめんなさい！　私の中では決まってますが、言うと、意外と大したことじゃないのです。でもこのお話の中に、その答えと同じことを書いてますので、ぜひ、探してみてください。これかな？　と思ってくださったものが私の答えと違っていても、面白いと思います。

さて、今回も、本当に優しく美しい絵で物語を何倍も深みのあるものにしてくださった小椋《おぐら》先生。前作に続き、先生の絵のおかげで、よりこのお話の世界が広がったと思います。本当にありがとうございます。

そしてまた、何度も諦めかけていた私を励ましてくれた担当様。重い荷物を一緒に持ってくださり、ありがとうございました。お世話になった家族や友人、そして読者の皆さまにも、心から感謝をこめて。

樋口美沙緒

愛のありか

「付き合うと豹変する男っているわよね」

「ああ、いるいる。まあ、大体悪いほうにね」

白木のカウンターで飲んでいる女性二人の会話に、望《のぞむ》はドキリとした。

「はい、どうぞ。桜鯛の香り揚げです。熱いうちに食べてくださいね」

厨房で板長が揚げたばかりの桜鯛を出すと、二人の女性は「あら美味《おい》しそう」と、歓声をあげた。この二人は望が働いているこの小料理屋にほど近い会社で働いており、よく訪れてくれる。年の頃は三十後半か四十前半か、派手な遊びはそれなりにこなしてきて、それに飽き、美味しい酒と料理の味わえる小さな店が居心地よくなった、という風情《ふぜい》だが、望の働く店の客は大体そんな感じがある。一年前まで、望はこの店の福岡支店で働いていた。福岡支店、といっても実際には別の店で、たんにプランナーが同じ人だということと、福岡店の板長がこの東京店の板長の弟子だった、というだけのことだ。この一年、望は東京店で働きながら——恋人の俊一《しゅんいち》と、二人で暮らしていた。

「いや、美味しいこれ。ね、他にオススメある？　ちょっと軽いものもほしいわ」

「時期のものでしたら、わらびの白酢あえとか、筍の炊きものもありますよ。少し早いですけど、えんどうなんかも入ってきてるので、うすら煮も美味しいですけど……」

「ああ、全部ちょこっとずつ食べたいわねえ」

「いいですよ、小鉢によそってきますね」

望がにっこりしながら言うと、女性客は「やーん、だから望くん好きよ」と明るく笑った。美味しいものを、美味しいように食べてもらうのが望は好きだ。板長もそのへんは心得た人で、ここしばらく、客あしらいは望の裁量に任せてやらせてもらっている。

「春のもの三種、ちょっとずつ小鉢で出していいですか。カウンターのお客さん」

「ああ、あのOLさんたちか。お通し代でつけといて」

キンキの塩焼きの加減を見ながら、板長が言う。和え物、炊きものは望が作らせてもらうこともある。わらびやえんどうの調理は今日の望の仕事だった。

「ねーえ、望くんの恋人ってどんな人？　付き合うと変わった？」

小鉢を持って行くと、そんなふうに訊かれて望は苦笑した。

恋人……本山《もとやま》俊一。

付き合うと変わったか、というと、かなり変わったほうだろう。が、それも遠距離恋愛中はさほど分かっていなかった。本格的に俊一を「変わった」と思うようになったのは、一緒に暮らしだしてからだ。

（……あんなに甘い人だと思わなかったもんなあ）

もともとが、自分の片想いだった恋だ。それに、俊一はそもそもがぶっきらぼうな性格なので――望は付き合って三年も経つまで、その甘さに、あまり気がついていなかった。

「ところでさ、知ってる？　こないだ『ロウマ』って雑誌に、本山俊一が載ってたの」

「あー、ガキだと思えどいい男よねえ。なんかこう、色気があるのよ」

やがて女性二人がそんな話を始め、望はますますいたたまれなくなった。作家としてもう五年目。すでに何作もヒットを飛ばしている俊一は、滅多にメディアに顔を出さないが、一年前新文社の取材記事で顔が出て以来、女性を中心に、小説以外でも人気が広がっている。本人はそれが面白くないらしいが。

「望くんも知ってるでしょ、本山俊一。本読んだことあるって言ってたわよねえ」

「あ、はい。一応……」

もぞもぞと答えると、女性客は酔いが回っているからか、「顔がいいから惹《ひ》かれちゃうけど、絶対、釣った魚に餌をやらないタイプだと思わない？」とまで言ってくる。

「なんか恋人になったら、急に無関心になりそう」

「あら、あたしには亭主関白に見えるわぁ」

後者が少しだけ当たっているが、二人とも結構外している、と思ったりしながら、望は

困った気持ちで笑っていた。とりあえずその会話から逃げるために厨房に行くと、板長が、

「お前の携帯電話、ぶるぶるしてたぞ」

と、言ってきた。

「あ、すみません」

謝りながら、望は厨房の奥の棚にマナーモードにして置いてある携帯電話を確認した。

それは今日三通めの——一緒に住んでいるのに、だ——俊一からのメールだった。

『なんか、お前の顔が見たくなったから、店に行っていいか？』

（あと三時間もしたら帰るのになぁ……）

嬉しいやらびっくりするやら困るやら……。けれど俊一はしょっちゅう望の顔が見たくなるらしく、こういうメールを送ってくることも、そして実際店まで来ることも、珍しいことではない。けれど今はまずい。カウンターのお客がいる手前、来てもらっては困る。

『今日は定時であがれるから、ちょっと我慢して。ね？』

だからそう打って返すと、すぐにまた返信があった。

『我慢できない。今、お前の顔見ないと、死にそう』

（あ、分かった。小説、進んでないんだ）

不意に望はそう気づく。俊一には仕事が思うように捗らず、気が滅入ると望に会いたくなるのだと——以前、言われたことがある。

――お前の笑顔見たら、なんでもできるって思うんだよ。

そっと打ち明けられたのは、情事のあとのベッドの中だった。抱きしめるというよりは、なんだか、望の体にすがりつくような風情で言う俊一が、いつもには似合わず子どものようで、可愛い――と、望は思ったのだ。

今も思い出すと、なんだか胸がきゅっとなり、俊一への愛しさがじわじわと湧いてくる。

（ほんと……付き合うまで、俊一がこんなに恋人ばかなんて）

知る由もなかった。

『じゃあね、お店が終わる時間に迎えに来てくれる？』

気持ちを落ちつけながら返信すると、数秒後に返事がきた。

『今から行って、近くで待ってる。好きだよ』

まったく。これのどこが、『恋人には無関心』なのか。

望はもうまっ赤になり、口もとをおさえた。俊一が愛しくて、胸がいっぱいで、今すぐ自分も、声を出して大好きと言いたい。

愛で体がはちきれそうだ。

（ああもう、まだ、仕事があるのに）

困ってしまって、望は電波の向こうにいる俊一に向けて、小さな声で「ばか」と呟いたのだった。

Hanamaru Bunko

作家・イラストレーターの先生方へのファンレター・感想・ご意見などは
〒101-0063 東京都千代田区神田淡路町2-2-2
白泉社花丸編集部気付でお送り下さい。
編集部へのご意見・ご希望などもお待ちしております。
白泉社のホームページはhttp://www.hakusensha.co.jpです。

白泉社花丸文庫
ぼうや、もっと鏡みて

2011年6月25日　初版発行

著　者　樋口美沙緒

発行人　酒井俊朗
発行所　株式会社白泉社
〒101-0063 東京都千代田区神田淡路町2-2-2
電話 03(3526)8070(編集)
03(3526)8010(販売)
03(3526)8020(制作)
印刷・製本　図書印刷株式会社
Printed in Japan　HAKUSENSHA　ISBN978-4-592-87664-9
定価はカバーに表示してあります。